살도 가죽도 사라지지만 뼈는 영원히 남잖아.

뼈

글 · 정미진   사진 · 오선혜

at|noon *books*

목차

.

6월 1일	03시 53분
6월 1일	05시 28분
6월 1일	07시 19분
6월 1일	10시 37분
6월 2일	01시 41분
6월 2일	02시 56분
0월 0일	00시 00분
6월 2일	04시 00분

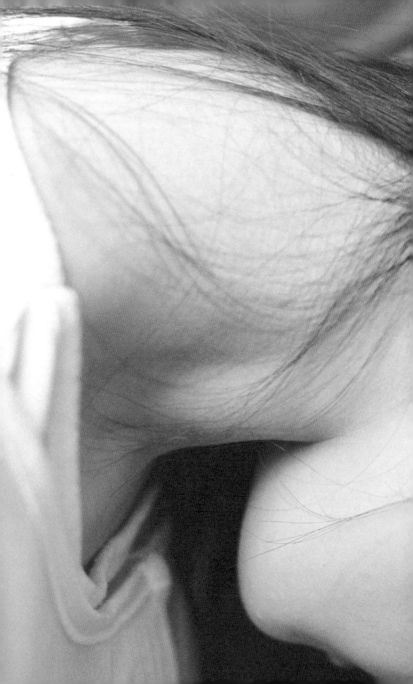

6월 1일   03시 53분

6월 1일   05시 28분

6월 1일   07시 19분

6월 1일   10시 37분

6월 2일   01시 41분

6월 2일   02시 56분

0월 0일   00시 00분

6월 2일   04시 00분

오늘 내로 짐정리는 대충 끝날 것 같다.

열 평도 채 안 되는 다세대 원룸 주택을 메운 살림살이라고는 옷과 책. 그리고 몇 가지 식기도구 뿐. 잠이 오지 않아 새벽부터 꼬박 짐을 쌌더니, 생각보다 빨리 정리가 됐다.

배가 잔뜩 부른 트렁크에 마지막으로 겨울 외투 한 벌을 구겨 넣고 나니, 좀처럼 뚜껑이 닫히지 않는다. 삐져나온 외투자락을 쑤셔 넣고 체중을 실어 누르자 딸깍- 뚜껑이 맞물린다. 다 된 건가. 남은 일은 이삿짐 박스를 부치고, 비행기에 들고 탈 노트북과 서류, 생필품 몇 가지를 챙기는 정도이다.

내내 굽혔던 허리를 폈다. 뚜둑, 굳었던 뼈마디가 신음소리를 냈다. 좌로 한 번 우로 한 번. 뭉친 근육을 풀어주자 피로가 몰려왔다. 사우나라도 다녀올까. 그 전에 진도에게 전화하기 위해 핸드폰을 찾았다.

말끔히 빈 책상 위에는 핸드폰과 함께 여권과 비행기 표가 놓여 있다. 여권을 들춰, 사진 속 심드렁한 표정의 내 모습을 보았다. 볼에 사탕을 문 듯 바보 같은 표정에 쉰 웃음이 새어 나온다. 여권을 덮고 항공권에 찍힌 정보를 다시 한 번 확인한다. 표에는 3일 후 출국 날짜가 쓰여 있다. 괜히 손톱으로 출국 날짜의 잉크를 긁어 본다. 역시나 긁히지 않는다.

— 정말 떠나는구나.

여권 사이에 표를 다시 끼워, 기내용 보조가방에 집어넣었다. 그러고는 완전히 빈 책상 위를 바라보았다. 책상은 언제나 노트북과 전공 서적 따위로 좌초 직전의 함선처럼 난장판이었다. 아무것도 놓여 있지 않은 모습을 보니 괜스레 마음이 허했다.

마음을 달랠 겸 아귀가 잘 맞지 않아 삐걱거리는 서랍을 열어보았다. 기한이 지난 고지서, 뜯기다 만 반창고, 볼이 빠져 못 쓰게 된 볼펜 따위가 서랍 안에서 나뒹굴고 있다. 모두 끄집어내어 쓰레기봉투에 던져 넣었다. 마지막 확인 차 손바닥으로 서랍 안을 훑으니 약지만 한 무언가가 굴러 나와 모서리에 박혔다.

상아색의 도장.

천천히 모서리에 걸린 도장을 집어 들었다. 주위가 어두운 탓인지 도장은 유난히 반짝거렸다. 그 반짝거림이 저 밑바닥에 가라앉아 있던 감정을 관통한다. 물컹- 미끄덩한 마음이 일렁인다. 기분 나쁜 싹을 잘라내듯 도장을 움켜쥐었다. 트렁크에 넣을까 말까 잠시 고민하다가, 다시 모서리에 끼워 서랍을

달았다. 찌르르. 매미의 요동처럼 핸드폰이 울렸다.
마침 잘 됐다 싶어 얼른 전화를 받았다.

— 어, 낼모레 출국이야. 그전에 보자.

전화기 너머로 낮잠에서 깬 지 얼마 안 된, 진도
의 나른한 목소리가 들려왔다. 통화하며 마지막 점
검 차 천천히 방 안을 둘러보았다. 이삿짐 박스의 넘
버를 확인하고, 바닥에 굴러다니는 잡동사니들을 주
워 쓰레기봉투에 던져 넣었다. 통화를 마칠 때쯤, 허
리춤까지 오는 아담한 냉장고가 눈에 들어왔다. 그
제야 냉장고 정리를 하지 않았다는 사실을 깨닫고
머리를 긁적이며 다가갔다.

냉동실과 냉장실이 한 도어 안에 있는 90리터짜
리 아담한 냉장고의 문을 열자마자 묵은 음식냄새와
녹다 만 성에의 곰팡내가 지독한 입김을 뿜어냈다.
악취에 콧등을 찡긋거리며, 냉장고 안을 확인했다.

빈 냉장고 안에는 생수병과 맥주, 먹다 남은 반
찬 등이 머쓱하게 남아 있다. 차례대로 쓰레기봉투
로 던져 넣었다. 부화 직전일지도 모를 달걀 하나를
발견하고 달걀껍질은 음식쓰레기일까 아닐까란 고
민에 빠졌다. 얼마간 생각해도 답이 나오지 않자 일
단 달걀은 한쪽에 제쳐 두고 채소 칸을 열어보았다.

빨간 김치통 하나가 남아 있다. 버리려다, 뚜껑을 열
어 냄새를 맡았다. 쿵쿵. 오래 되기는 했지만 그럭저
럭 먹을 만할 것 같다.

⋮

　옆집 현관문은 교회 전도 스티커와 치킨집 전단지가 덕지덕지 붙어 있다. 인기척이 들리나 귀를 갖다 댔다. 아무런 소리도 들리지 않았다. 벨을 누르자 때르릉— 구식 벨 소리가, 적막한 복도에 울려 퍼졌다. 울림이 가라앉을 즈음 문을 두드렸다.

— 할아버지? 계세요?

　반응이 없다. 산책이라도 나가셨나 싶어, 한 손으로 김치통을 굴리며 돌아섰다. 하지만 영 찝찝한 기분이 어깻죽지를 부여잡았다. 발을 돌려 현관문과 나란히 이어진 자그만 부엌 창으로 고개를 들이밀었다. 순간 창틈으로 덩굴처럼 비집고 올라오는 악취에, 코를 움켜쥐었다.

　물컹— 또, 미끄덩한 감정이 솟아올랐다. 아니겠지. 애써 생각을 끊고 돌아서는데, 비릿한 악취가 손을 뻗어 뒷덜미를 낚아챘다. 가지 마. 지금 돌아서면 안 돼. 누군가 경고하듯 귓가에 속삭였다. 할 수 없이 문손잡이에 손을 올렸다. 쇠의 차가운 감촉이 손바닥에 닿자 오스스 소름이 돋았다. 손잡이를 밀어 내리자 허탈하게 문이 열렸다.

문틈으로 비집고 들어온 빛줄기가 어두운 집 안 깊숙이 뻔뻔하게 드러누웠다. 잠들어 있던 뿌연 먼지가 빛줄기에 놀라 황급히 일렁였다. 거세지는 불안감. 나는 섣불리 안으로 들어가지 못하고 한동안 문손잡이만 부여잡고 서 있었다.

— 할아버지? 김치 가져왔어요. 할아버지?

내 목소리가 희뿌연 먼지와 뒤엉켜 바닥에 굴러 떨어졌다. 그러다가 무슨 용기인지 먼지를 밀어내며 한 발짝 집 안으로 들어섰다. 하지만 악취가 몸을 타고 오르는 것을 끊어내느라 발걸음이 더뎠다.

집 안은 여기저기 썩기 직전의 쓰레기들로 마치 거대한 거미집 같았다. 한 발짝. 두 발짝. 걸음을 옮길 때마다 악취 덩굴이 목을 타고 죄어 왔다. 온몸을 옥죄는 역한 냄새 탓에 더는 나아갈 수 없다고 판단했을 때였다. 무언가를 발견했다. 바스라질 것 같은 이불더미에 잔뜩 웅크린 채 죽어있는 백골의 사체를.

⋮

경찰서 안은 성수기 숙박업소를 방불케 할 만큼 노숙자와 취객들이 한데 뒤섞여 있다.

나는 길 잃은 강아지마냥 눈썹을 팔자로 늘어뜨린 채 삼십분 째 앉아 있었다. 담당 형사가 서류를 정리할 동안 멍하니 허공만 바라보고 있는데, 내 앞에서 노숙자로 보이는 남자가 국밥을 먹기 시작했다. 그러고 보니 오늘 한 끼도 안 먹었구나, 싶어 몹시 배가 고파졌다. 괴로운 마음에 애써 시선을 피하다가, 이번에는 젓가락 두 짝으로 쓱쓱 자장면을 비벼대는 경찰관이 눈에 들어왔다. 순간 저녁으로 자장면과 국밥 중 뭘 먹을지, 심각한 고민에 휩싸였다.

— 제일 마지막에 본 게 언젭니까?

스푼으로 눈 밑을 파낸 듯 다크서클이 짙게 드리운 형사가, 무료한 목소리로 물었다. 그제야 저녁 메뉴 고민에서 벗어나 현실로 돌아왔다.

— 삼 주… 아니, 한 한 달쯤……?

잘 생각이 나지 않아, 기억을 긁어내듯 이마를 긁으며 대답했다.

— 아이고, 할배요~ 와, 옆집 살면서 진작 고개라도

안 내밀고?

형사는 혀를 끌끌 차며 키보드를 두드렸다.

— 아… 제가 유학 준비 때문에 정신이 없어서…….

그의 비난 어린 어조에 죄를 짓기라도 한 양 목소리가 기어 들어갔다.

— 그래, 마. 요즘 세상에 지 살기도 바쁜데……. 가족들 드나드는 건 못 봤고?

그가 자판 두드리는 속도를 늦추며 되물었다. 나는 그렇지 않아도 처진 눈꼬리를 의식적으로 일그러뜨리며 고개를 저었다. 그렇게 옆집 할아버지에 대해 그리고 그의 죽음에 관해, 묻고 답하기를 이십분쯤 반복했을까. 마지못해 꾸역꾸역 자판을 누르던 형사가 모니터에서 시선을 떼며 반가운 기색으로 손을 번쩍 뻗었다.

— 여깁니다~!

어느새 컴퓨터 자판은 한 쪽으로 치워지고, 뽀얀 국물에 얼음이 짤랑거리는 콩국수가 책상 위에 올랐다.

— 오늘은 이만하면 됐고. 그쪽도 배고플 텐데 저녁 자시러 들어가요. 별 일 있으면 전화 할 테니.

그는 입맛을 다시며 눈치가 있으면 썩 물러나라는 투로 말했다.

25

— 네, 그럼……

콩국수라. 시원하겠다. 나는 저녁 메뉴 후보에 콩국수를 끼워 넣으며 일어났다.

— 아, 조사 끝날 때까지는 어디 멀리 가지 마요~ 출국 날짜가 언제라고?

형사는 콩국수를 크게 말아 한 입하기 직전, 나를 멈춰 세우고 물었다.

— 삼 일 뒤입니다.

내 대답에 그는 별 일 아니라는 듯, 면발을 입안에 쑤셔 넣고 말했다.

— 그럼 한 며칠만 늦춰 봐요.

— 네? 하지만……

곤란한 기색을 보이자, 그는 국물을 후루룩 마시고는 강압적인 눈빛을 보냈다.

— 그래도 옆집 사람이 죽었는데, 도리는 해야 할 것 아닙니까. 혹시 압니까? 댁이 죽었을지.

순간 주위의 시선이 내게 집중되었다. 당황스러워 그대로 굳어버렸다.

— 하하하 농담입니다. 농담.

난감한 내 표정을 읽었는지, 그는 젓가락을 들고 손사래를 치며 웃었다. 나는 무어라 대꾸할 말을 찾지 못한 채 그대로 뒤돌아 경찰서를 나왔다. 어느새 경찰서 문턱에는 자장면 그릇과 국밥 그릇들이 첩첩이 쌓여 있었다. 그릇의 개수를 마음속으로 세며 진도에게 전화를 걸었다.

— 어, 출국 날짜를 며칠 미뤄야겠어.

— 무슨 일인데?

전화기 너머로 진도의 쌍둥이 딸들이 옹알대는 소리가 울렸다. 그 소리에 긴장감이 풀어졌다.

— 그냥 좀 정리할 게 생겨서.

⋮

옆집 할아버지의 죽음은 자연사로 결론이 났다. 그 뒤의 일은 허무할 정도로 단순하게 진행됐다. 칠십대 독거노인의 외로운 죽음은, 타인에게는 저녁 메뉴를 고르는 일보다 심드렁한, 그저 그런 불운일 뿐이었다.

그러나 나에게는 파장이 컸다. 일단 할아버지의 죽음을 맨 처음 발견한 데다, 할아버지와 적게나마 소통하고 있었다는 점 때문에 그 후 몇 번이나 더 경찰서를 들락거려야만 했다. 덕분에 어쩔 수 없이 출국도 미뤄졌고, 또 하나. 생각지 못한 임무가 주어졌다. 무정한 이웃의 책임을 물어 할아버지의 집을 정리하게 된 것이다.

강제성이 있었던 건 아니다. 시 복지과에서 나온 담당 직원이 때 이른 독감 탓에 돌아가시는 독거노인들이 많아 예산이 부족하다고 툴툴댔다. 그 소리에, 먼저 도와주겠다고 자처했다. 모른 척 할 수가 없었다. 나는 할아버지가 그렇게 떠난 것에 일말의 죄책감을 느끼고 있었다. 결국은 나도 할아버지를 고독사로 몰아간 공범이라는 생각에 내내 괴로웠다. 따

지고 보면 집 정리를 자처한 것도 할아버지를 위해
서라기보다는, 나의 알량한 죄책감을 덜어보고자 하
는 생각이 앞섰다.

아무튼 나는 곰팡이와 함께 썩어가고 있는 집. 아
니, 얼마간이었지만 할아버지의 무덤이기도 했던 그
서글픈 공간을 정리하기 시작했다. 말이 거창하지,
정리라 해 봐야 대단한 일은 아니었다. 대부분 유품
정리사가 맡아 했고, 그저 왔다 갔다 하며 잔심부름
이나 하는 정도였다.

며칠 동안 환기를 시키기는 했지만, 집 안에는 아
직도 몸을 타고 오르던 악취의 잔줄기가 남아 오래
머물기가 힘들었다. 나는 유품정리사가 큰 쓰레기들
을 정리하고 나면 어정쩡하게 서 있다가, 앨범이나
통장같이 버리기엔 찝찝한 물건들을 받아 확인하는
일을 맡았다. 백골의 사체와 함께 뒹굴던 조악한 살
림살이들은 아무리 살펴봐도 쓰레기로밖에 보이지
않았기에, 그마저도 내가 할 일은 거의 없었다.

어느 순간부터는 감정을 배제한 채 기계적으로
쓸고 담기를 반복했다. 그러던 중, 이불더미 속에서
종잇조각처럼 파삭하게 굳어 버린 낡은 내복을 발
견했다. 할아버지가 평소 부끄러운 줄도 모르고 외

29

출복처럼 입고 다니던 내복이었다. 나는 할아버지가 살아생전 벗어 둔 그 모습 그대로 굳어 버린 내복을 한참이나 바라보았다. 문득 이 시큼한 냄새로 가득한 집 안에 살아 있는 누군가가 있었다는 사실이 새삼 되살아났다.

물컹— 또다시 불안감이 목구멍을 타고 올라왔다. 억누르기 위해 시선을 다른 곳으로 돌렸다가, 신문 더미 밑에서 작은 박스 하나를 발견했다. 먼지가 뽀얗게 쌓인 택배 박스였다. 부피에 비해 무게가 느껴지지 않았다. 빈 상자라 판단하고 비틀어 누르자 밑면에 깔린 얇고 단단한 물체가 느껴졌다. 살펴보니, 먼지 쌓인 박스 윗면에 반쯤 뜯기다 만 주소가 보였다. 잉크가 번져 글씨가 잘 보이지 않았다. 꼬불쳐 올라간 종이 끝을 손가락으로 꾹꾹 눌러 펴자 겨우 몇 글자 알아볼 수 있었다. 더듬더듬 희미하게 남겨진 글자들을 읽어 내려갔다.

— 수신인, 윤. 준. 원

먼지를 너무 많이 먹은 탓인지 머릿속이 먹먹해졌다. 재부팅 하듯 눈꺼풀을 두어 번 껌벅껌벅 열었다 닫았다. 그제야 나는 입술로 새어 나온 글자가 내 이름이라는 것을 알아차렸다.

그길로 박스를 들고 집으로 돌아왔다. 침대 위에 걸터앉아 박스를 무릎에 올려놓고 얼마간 물끄러미 바라보기만 했다.

— 윤준원

희미해진 이름 석 자를 손가락으로 더듬다가, 박스 옆면의 누런 테이프를 손톱으로 긁어냈다. 테이프를 주—욱 뜯어내니, 붙어 있던 수신 용지가 찢겨져 나갔다. 나는 테이프와 함께 떨어져 나온 용지를 구겨 던졌다. 박스를 열자 안에는 정사각형의 카드와 시디 한 장이 들어 있었다. 아무것도 적혀 있지 않은 시디를 이리저리 살피며 'HAPPY BIRTHDAY'라고 적힌 카드를 펼쳐 들었다. 소녀 취향의 깜찍한 생일 카드에는 6월 2일 새벽 4시라는 날짜와 생소한 지명이 적혀 있었다. 그리고 이어지는 낯설고 어색한 글귀.

'5억을 들고 오지 않으면 살아서 보기
힘들 것이다.'

80년대 홍콩 느와르 영화에서나 나올 법한 글귀를 보는 순간, 황당무계한 내용에 헛웃음이 나왔다. 진도가 보냈나, 장난을 치려면 그럴 듯하게 칠 것이지.

31

그 어설픔을 비웃으며 던져둔 수신 용지 위에 카드를 다시 붙여 놓았다. 허탈감에 속이 허해져 라면이나 끓여 먹으려는 생각에 침대에서 일어났다. 그때 시디가 엉덩이에 깔리면서 빠직하고 케이스에 금 가는 소리가 들렸다. 뒤늦게 카드와 함께 들어있던 시디의 존재를 알아차렸다. 별 생각 없이 시디를 케이스에서 분리한 뒤, 손가락에 끼워 바라보았다. 그러다 야동이라도 들어있을까 싶어, 노트북을 꺼냈다.

말끔하게 치워진 책상 위에 노트북을 세팅시키자, 지이잉- 시동음이 적막한 방안을 메웠다. 노트북이 켜지는 동안 아침에 면도하다 생긴 상처를 시디에 비춰 보았다. 혀끝으로 상처를 눌렀다 뗐다 하는 사이 윈도우 화면이 떠올랐다.

시디롬 안에 시디를 집어넣자, 다시 모터가 울었다. 모터 소리가 잠잠해지자 영상이 떠올랐다. 불현듯 악성 바이러스가 들어있진 않을까란 생각에 아차 싶어, 전원 버튼에 손을 뻗는 찰나 갑자기 재생된 영상에서 알 수 없는 기계음이 귀청을 찢을 듯 파고들었다. 쭈뼛 소름이 돋았다. 볼륨을 조절하려는 때, 나는 흘러나오고 있는 영상에 경악을 금치 못했다.

모니터에는 어두운 공간이 비춰지고 있었다. 확

실하지는 않지만 낡은 창고 같았다. 화면의 한 중간 헝클어진 머리에 여기저기 상처 난 초췌한 모습의 여자가 의자에 묶인 채 신음하고 있었다. 여인은 오랜 시간 감금되어, 폭행당했는지 물에 젖은 종이처럼 의자에 늘어져 있었다. 나는 한눈에 여인의 모습을 알아봤다.

'하진'이다.

헤어진 옛 연인. 아니, '사라진' 연인. 하진이었다. 온몸의 핏발이 곤두섰다. 그때 화면이 흔들리더니 기절한 하진을 향해 카메라가 점점 가까워졌다. 클로즈업될수록 무슨 일을 당했는지 짐작조차 가지 않는 처참한 얼굴의 하진이, 모든 것을 체념한 듯 고개를 늘어뜨리고 있었다. 그 모습에 숨조차 쉴 수 없는 공포에 휩싸였다.

그런 나를 놀리듯 영상은 덤덤히 재생되었다. 납치범으로 보이는 낯선 남자의 목소리가 쓰러진 하진을 깨웠다. 힘없이 꺾인 하진의 목이 움찔하더니, 서서히 눈을 떴다. 점점 클로즈업되다가 공포와 두려움, 절망에 찌든, 아니 모든 감정이 사라진. 공허한 그녀의 얼굴이 화면 가득 잡혔다. 그녀의 두 눈동자가 화면을 보고 있는 나를 책망하듯 똑바로 응시하고 있다.

33

내내 소용돌이치던 감정이 화산처럼 솟구쳐 올랐다. 참을 수 없어 자리를 박차고 화장실로 뛰어갔다.

변기를 붙잡고 남김없이 다 토해 냈다. 구토의 반동으로 눈알이 튀어 나올 것만 같았다. 하지만 멈출 수가 없었다. 위액이 올라와 혀뿌리가 어릿했다. 온 내장을 뒤집어 탈탈 털어도 무엇 하나 나오지 않을 만큼 게워낸 뒤에야, 비틀거리며 화장실에서 나왔다.

모니터에는 아직도, 하진의 모습이 재생되고 있었다. 감히 화면을 멈출 수도 노트북의 전원을 끌 수도 없었다. 그저 한 발짝 떨어져 떨리는 몸을 진정시키느라 안간힘을 썼다. 그러기를 몇 분 후, 칼로 공기를 긋는 듯한 하진의 비명소리를 마지막으로 영상은 끊어졌다. 작은 내 방안에 암전된 모니터의 크기만큼 검은 호수가 생겨났다. 금방이라도 그 호수에서 아가리를 벌린 괴물이 튀어나올 것만 같았다. 나는 황망한 눈으로 모니터를 바라보다가, 가까스로 시디롬에서 시디를 빼냈다.

조금 전의 영상은 모두 환상이었다는 듯 시디가 무심히 툭, 튀어 나왔다. 이내 방안에 적막이 드리워졌다. 시디에 사색이 된 내 얼굴이 비쳤다. 시디를 든 채 어찌할 바를 모르다 퍼뜩, 함께 들어 있던 카드를 떠올렸다. 나는 누런 테이프에 엉겨 붙은 카드를 떼어 내어, 메모를 다시 읽었다.

  '6월 2일 새벽 4시까지 현금 5억을 가져오지
        않으면 살아서 보기 힘들 것이다.'

  험악한 내용이 무색할 만치, 어린아이가 정성 들여 꼭꼭 눌러 쓴 듯 정직해 보이는 필체였다. 방금 전까지만 해도 헛웃음도 안 나던 엉성한 협박이었는데, 지금은 글자의 획 하나하나가 각막을 베고 지나가는 듯했다. 재빨리 모니터에 뜬 날짜와 시간을 확인했다.

            6월 1일 3시 53분

  목이 타올랐다.

⋮

— 무슨 개소리야? 누가 납치돼?

택시를 잡으며 진도에게 전화를 걸어 두서없이 상황을 설명했다. 진도는 잘못 걸려온 전화를 응대하듯 계속 되묻기만 했다. 스스로도 무슨 말을 하는지 이해가 안 됐다. 그 어떤 상식적인 판단도 서지 않는 상태였다.

— 일단 경찰서로 와. 자세한 건 만나서 얘기해.

택시가 서자 다급하게 올라타며 외쳤다.

— 경찰서로 가 주세요. 빨리요.

알아들었는지, 못 알아들었는지 기사는 별 대꾸 없이 노랫말을 흥얼거렸다. 나는 연신 호흡이 가빠오고, 벌에 쏘인 듯 두피가 따가워 머리를 움켜쥔 채 신음했다. 그런 나를 아랑곳 않고, 기사의 흥얼거림이 점점 더 굴곡지게 꺾였다. 다음 곡으로 넘어가는 타이밍이 되어서야, 그는 흥얼거림을 멈추고 말을 건넸다.

— 제법 추워졌지요?

대답을 하지 않아도, 그는 자기 할 말만 했다.

— 출출하구만~ 요 근처에 국밥 끝장나게 마는 데

있는데. 어디 보자……. 요기 요기… 요짝에 골목 돌면.

기사는 무슨 꿍꿍인지, 핸들을 잡고 방향을 틀었다.

— …빨리 좀 가 주세요.

머리가 지끈거려 겨우 몇 마디를 짜냈다.

— 아저씨. 인생 급하게 살면 사고 나요. 사고. 쉬엄 쉬엄 살아야…….

그는 내 말을 무시하고 능글맞게 받아쳤다. 면도 칼이 신경을 스치는 듯한 두통이 일었다.

— 아, 진짜 국물이 끝장나~ 거기 족발도 얼마나 맛있는데.

귓가로 무언가 끊어지는 소리가 났다. 나는 가래를 뱉듯 내질렀다.

— 씨발 새끼야! 닥치고 안 가?!!!

끼이익—

고함 소리에 놀란 듯 운전수가 갑작스레 택시를 세웠다. 그 바람에 나는 앞좌석에 머리를 강하게 박고 잠시 정신을 잃었다. 몇 초 후, 뒷목을 부여잡고 어떻게 된 일인지 고개를 들었다.

그때 내가 앉은 쪽이 아닌, 반대편 쪽의 택시 문

이 열렸다. 이 상황이 현실인지 아닌지 판단이 잘 서지 않았다. 반대편 문에서 한 쪽 팔에 깁스를 한 '2년 전의 나'가 진도에게 의지해 택시에 오르고 있었다.

— 손님, 합석 좀 할게요.

운전수는 아무 일도 없었다는 듯 자연스럽게 말했다. 놀란 얼굴로 그를 바라보자, 어느새 운전수 또한 2년 전 그날의 운전수로 바뀌어져 있다.

— 내가 너 땜에 제명에 못 산다.

진도가 만취 상태인 나를 택시 뒷좌석에 뉘었다. 2년 전의 내가 밀려들어오자, 나는 엉덩이를 떼고 옆으로 피해 앉았다. 그러고는 정신을 잃은 2년 전의 나를 바라보았다.

— 이 새끼. 실연 한 두 번 당하나. 이제 제발, 정신 좀 차려라.

진도의 말에도 '2년 전의 나'는 인사불성이다. 한 쪽 편에 웅크려 앉은 채 만신창이가 된 '나'를 보고 있자니, 다시 속이 끓어오르기 시작했다. 눈앞에 룰렛 게임판이 돌아가듯 강한 현기증을 느끼며, 그때로 회귀했다.

:

— 하…진아… 하진아…….

　메말라 단내가 풍기는 입에서, 나를 버리고 떠난 그녀의 이름이 새어 나왔다. 나는 방바닥에 뱉어 놓은 토사물처럼, 그렇게 실연의 아픔에 부식되어 가고 있었다. 물처럼 술을 마시고 잠들었다 깨어나면, 수면제를 털어 넣고 삼킬 겨를조차 없이 다시 쓰러져 잠들었다.

　바닥에 눌어붙어 바라보는 시선에는 술병과 담배가 쌓여가고, 침대 밑의 뭉친 먼지와 바퀴벌레의 다리 한 짝, 말린 휴지들, 그 모든 걸 소독하듯 창에서 내리쬐는 희뿌연 달빛. 그 외에는 아무것도 보이지 않았다. 그저 까맣고 까만 내 방. 그 방안에 썩어 들어가다 그대로 쓰레기가 되기를, 먼지가 되기를, 얼룩이 되기를. 기도할 뿐이었다.

　몇 주를, 아니 몇 달. 몇 년을 부식되었던가. 완전히 부식되어 버려 방바닥의 얼룩과 내가 더 이상 구분이 가지 않게 되었을 즈음, 쌓인 술병과 담배들이 탑을 이루어 달빛이 들어오는 창도 볼 수 없게 되었을 즈음. 나는 모든 것을 포기했다.

39

― 그녀는 오지 않는다.

알고 싶지도, 인정하고 싶지도 않았던 한 줄. 나는 그녀가 오지 않는다는 것을 인정해야만 했다. 그것을 인정하고 나니 눈곱으로 범벅된 마른 눈동자에, 공허만이 남았다. 이제 어떻게 해야 하는 걸까. 부식되어 얼룩이 되어 버린 나는, 내 삶은 어떻게 되는 것일까. 바닥 다음에 무엇이 있을까. 바닥이 아닌 또 무엇에 들러붙어 남은 긴 세월을 살아나가야 하는 것일까. 막막함이 밀물처럼 밀려왔다.

그때 각종 쓰레기들로 가려진 창가에서 파리 한 마리가 날아 들어왔다. 방구석에 박아 두었던 눈동자를 힘겹게 들어 올려, 파리의 움직임을 좇았다.

윙- 윙- 내 자신이 얼마나 쓰레기처럼 살아왔는지를 확인시키듯, 파리는 사이사이를 날아다녔다. 파리를 쫓기 위해 눈알을 좌우로 힘껏 돌리니, 눈곱과 들러붙은 눈꺼풀이 찢어졌다. 화장실 탐사를 마친 파리가 돌진해 콧잔등 위에 올라붙었다. 두 눈동자가 콧잔등에 몰렸다.

위이이이이이이이잉-

파리의 날갯짓이 사이렌 소리처럼 울려 퍼졌다. 머리가 아파왔다. 아니, 서서히 머리가 깨어났다. 거세지는 사이렌 소리에 온몸의 신경이 앞다퉈 깨어나 서로 꼬이고 비틀리고 뒤섞였다.

딸칵- 딸칵-

그때였다. 현관에서 들려오는 소리에 콧잔등의 파리가 날아갔다. 귀를 찢을 듯한 사이렌 소리도 일순간 멈췄다. 파리의 뒤를 좇느라, 눈꼬리가 뽑혀 나갈 듯 꺾였다.

딸칵- 딸칵-

다시 현관문에서 문을 따는 소리가 이어졌다. 딸칵이는 소리가 멈추자, 누군가 이번에는 현관문을 두드리기 시작했다.

쿵쿵쿵.

현관문을 두드리는 소리가 사이렌 소리를 대신하여 점점 커져갔다. 내가 반응이 없자, 누군가는 복도와 연결된 부엌 창문을 흔들었다. 그제야 상체를 힘겹게 일으켰다. 장판과 하나가 되었던 살가죽이 떨어지자마자 현기증에 비틀거렸다. 겨우 중심을 잡

41

은 뒤, 따끔따끔한 가슴팍을 손바닥으로 쓸어내리며 문을 열었다.

— ……누구세요?

문을 열자 집 안 공기와 바깥 공기의 밀도 차에 찬바람이 밀려 들어왔다. 그 바람에 다시 현기증이 돌아 힘겹게 시선을 잡아야 했다.

섬뜩한 시선이 느껴졌다. 보안 고리만큼 열린 현관문 사이로, 내복에 추리닝 차림의 옆집 할아버지가 나를 올려다보고 있었다. 문틈 사이로 회색빛의 퀭한 두 눈동자가 나를 응시하자, 흠칫 놀라 한 발짝 물러섰다.

— 옆집인데, 김치 좀 줘. 라면 먹으려는데 김치가 없어.

아랑곳없이 할아버지는 무표정한 얼굴로 말했다. 당황해 아무런 대답도 하지 못하고 굳은 채 서 있었다. 내가 반응이 없자 할아버지는 반찬통을 열린 문틈 사이로 비집고 들이밀었다. 그제야 정신을 차리고 어쩔 수 없이 현관문을 열었다. 할아버지의 체구만큼 가려져 있던 바깥 공기가 둑이 무너지듯, 우르르 집 안으로 쏟아져 들어왔다.

　나는 썩기 직전의 음식들로 세균의 온상이 된 냉
장고를 뒤지기 시작했다. 그동안 할아버지는 엉거주
춤하게 서서 기대에 찬 눈으로 나를 바라보고 있었
다. 재촉하는 시선이 느껴지자, 초조해졌다. 냉장고
에는 몇 달은 묵었을 법한 음식들이 조금 전의 내 모
습처럼 허연 곰팡이를 뒤집어 쓴 채 드러누워 있었
다. 새삼 얼마나 오랜 시간이 지났는지, 체감하는 순
간 빨간 김치통 하나를 찾아냈다.
— 먹을 수 있을지 모르겠는데…….
　김치통을 건네자 할아버지는 잽싸게 받아 들고
뚜껑을 열어 킁킁 냄새를 맡았다. 그 모습이 꼭 두더
지 같다는 생각을 하다가 현관으로 걸어가 문을 열
었다.
— 그럼…….
　현관문 손잡이에 체중을 실은 채 기다리고 있는
데, 할아버지는 발을 뗄 생각을 하지 않고 김치통만
만지작거리며 나를 올려다보았다. 회색빛 눈동자와
마주치자 스산함에 뒷목이 근질거려 왔다. 그 퀭한
눈동자를 애써 피하고는, 현관문을 좀 더 열어젖혔다.
그때 내 의지와 상관없이 배에서 꼬르륵- 소리가 울
려 퍼졌다. 나는 동지를 만난 듯 바라보는 할아버지

43

의 눈동자와 다시 마주쳤다.

어느새 할아버지는 우리 집 부엌에서 유통기한
이 얼마 남지 않은 라면을 끓이기 시작했다. 앉은뱅
이 탁자 앞에 쭈그려 앉아, 청양고추를 썰고 있는 그
의 뒷모습을 어색하게 바라보았다. 할아버지의 거리
낌 없이 자연스러운 모습에, 내가 다른 집에 와 있는
건 아닐까란 착각이 들었다

잠시 후 탁자 위에 청양고추의 매운 향이 알싸하
게 풍기는 라면 냄비가 놓였고, 쉰 김치가 라면 뚜껑
위에 아무렇게나 쌓였다. 나름의 만찬이 준비되자마
자, 할아버지는 누가 뺏어 먹을까 쫓기는 모양새로
급하게 라면을 먹기 시작했다. 그의 모습을 몽롱한
눈으로 바라보다가, 한 박자 늦게 젓가락을 들었다.
후르륵— 젓가락이 그릇에 부딪히는 소리와 면발이
빨려 들어가는 소리가 적막하던 방안에 울렸다. 나
는 오랜만에 들리는 인기척이 어색해, 머리를 긁적
였다.

제대로 된 음식을 먹은 것이 언제였는지 까마득
했다. 좀처럼 떠올려지지 않자 별안간 그동안 버텨
준 몸이 기특했다. 마지막 남은 김치 한 조각을 향해
젓가락을 뻗으려는 찰나, 할아버지의 젓가락이 한

박자 빨리 마지막 김치를 집었다. 할아버지는 곧장 김치를 입안에 구겨 넣고서는 내 눈치를 살폈다. 그 모습에 헛웃음이 삐져나왔다.

국물 한 방울까지 싹싹 다 먹고 난 뒤, 개수대에 서서 냄비에 물을 틀어 넣었다. 얼마나 오랫동안 개수대를 쓰지 않았는지, 수도꼭지를 틀자 녹물이 빠져 나왔다.

할아버지는 내가 준 김치통을 옆에 끼고 트림을 하며 방안을 둘러보고 있었다. 그때 조금 전의 파리가 나타나 할아버지의 머리 앞에서 위이잉거렸다. 할아버지는 엉거주춤 손을 올리더니 놀랄 만큼 민첩하게 파리를 잡았다. 그 소리에 설거지를 멈추고 놀란 눈으로 할아버지를 바라보았다.

할아버지는 죽은 파리의 사체를 어쩔까 생각하는 듯하더니, 벽에 걸린 달력을 쳐다보았다. 그러고는 망설임 없이 달력 한 장을 찢은 다음 파리 사체를 닦아내었다.

— 지금이 며칠인데, 달력이 아직 그대로야.

할아버지는 파리 사체가 묻은 달력을 구기며 꾸짖듯 말했다. 아무런 말도 하지 못한 채, 물이 뚝뚝 떨어지는 손을 바지춤에 비볐다. 할아버지는 그런

45

나를 무표정한 얼굴로 바라보다가 이제는 정말 돌아가려는지, 옆구리가 터져 스테이플러로 대충 고정시킨 슬리퍼를 신었다. 나는 수도꼭지를 잠그고 할아버지를 배웅하기 위해 현관으로 나섰다.

등 뒤로 인사를 하려는데, 할아버지가 잊고 있었다는 듯 추리닝 뒷주머니에서 우편물 뭉치를 꺼내 내밀었다. 받아 보니 모두 내 앞으로 온 세금고지서, 영수증, 우편물 등이었다.

— 내가 훔친 거 아냐. 니가 못 받은 거지.

꽤나 진지한 얼굴로 그것들을 훑어보고 있자, 할아버지는 기어들어 가는 목소리로 말했다.

— 고맙습니다.

미소를 보이고, 문을 열기 위해 맨발로 현관으로 나갔다.

— 썩은 건 버려야 돼.

손잡이를 돌리는 순간, 할아버지가 퀴퀴한 목소리로 말했다.

— 네?

— 이미 썩은 건 버리라구.

그제야 할아버지의 시선이 현관과 거실에 쌓인 쓰레기 더미들에 닿아 있는 것을 알아차렸다.

— 아… 네…….

한심한 꼴을 들킨 것 같아 부끄러워졌다. 할아버지는 나를 못 미더운 눈으로 위아래로 훑어본 뒤, 슬리퍼를 끌며 현관을 나섰다.

할아버지가 옆집으로 돌아가 문을 잠그는 소리가 들린 후에야, 현관문을 닫았다. 돌아서니 방안이 한눈에 들어왔다. 깊게 한숨을 들이쉬고 둘러보았다. 방 안은 그 동안의 폐인 생활이 고스란히 숙성되어 그야말로 곯기 직전이었다. 그토록 안락했던 나만의 공간이, 성에가 잔뜩 낀 냉장고 같았다. 초여름인데도 추위가 느껴졌다. 걸쳐 입을 것을 찾으러 거실로 들어오다가, 벽에 걸린 달력에 시선이 갔다. 할아버지가 파리 사체를 닦기 위해 찢은 자국이 상어 이빨처럼 남아 있었다. 무심코 달력 한 장을 찢어냈다. 다음 장, 다음 장. 오랜 실연의 기간 동안 뜯지 않았던 달력을 뜯어냈다.

— 아무리 달력을 찢지 않고 버텨도, 아무리 긴 시간이 흘러도. 그녀는 오지 않는다.

뜯긴 달력들이, 뜯긴 시간들이, 뜯긴 미련이 바닥에 아무렇게나 쌓였다.

6월 1일 ~~03시~~ 53분

6월 1일 05시 28분

6월 1일 07시 19분

6월 1일 10시 37분

6월 2일 01시 41분

6월 2일 02시 56분

0월 0일 00시 00분

6월 2일 04시 00분

2장

낡아서 자판이 빠지고 깨진 컴퓨터에, 형사가 시디를 구겨 넣었다.

먹히지 않는지 자꾸 시디가 튕겨 나왔다. 시디가 튕겨 나올 때마다 내 심장이 튕겨 나오는 듯 초조해진다.

— 컴터가 꼬물이라⋯ 이래가 내가 영화 한 편을 제대로 못 봐요.

형사는 별 걸 다 시킨다는 투로 찢어질 듯 하품하며 말했다.

— 저, 다른 컴퓨터는⋯⋯.

나는 손목시계를 내려다보며 재촉했다.

— 아이고, 내가 경내 컴터 바꿔 달라고 얼마나 난리를 쳤는데, 우리 반장님이 아직도 디스켓 넣는 줄 아는 양반이야. 말이 통해야 말이지. 어이, 김형사. 이것 좀 해 봐.

그는 번거로워졌는지, 시디롬에 걸친 시디를 다른 형사에게 떠넘기듯 건넸다. 그런데 전달받는 다른 형사가, 손에서 놓쳐 시디가 바닥에 한 바퀴 데그르르 굴렀다. 나는 굴러가는 시디를 쫓아 사람들이 밟기 직전에 가까스로 주워 다시 형사에게 건넸다. 심장이 덜컹 내려앉았다. 그런 나와 달리 건네받은

형사는 시디 전면을 담배 피우던 맨손으로 툭 잡더
니 바지춤에 쓱쓱 닦으며 말했다.

— 어, 아자씨? 죽은 할배. 그 옆집 아자씨네.

옆집 할아버지의 죽음을 담당했던 그 형사였다.
그는 아무렇지 않게 시디를 받아 이리저리 돌려 보
며 물었다.

— 이게 뭔데?

시디에 그의 지문이 얼룩덜룩하게 찍혔다. 초조
한 마음을 넘어 분노가 일기 시작했다.

— 납치됐다는데.

— 누가?

— 그러니깐… 깨진 게 언제라고?

처음 시디를 건네받았던 형사가 늘어지게 하품
을 하다가 쌍꺼풀진 눈으로 되물었다.

— 2년 전요.

— 그래, 2년 전에 깨진 여자가 납치됐단다.

— 쇼하는 거 아니라?

두 형사의 비꼬인 말들이 촉수처럼 눈앞으로 휙
휙 뻗쳤다.

— 아자씨가 아니라, 여자가 말입니다. 요즘 가시나
들이 원체 약아가…….

할아버지 사건의 담당 형사는 시디에 이빨을 비춰보며 쩝쩝거리다가, 내 시선을 의식하고는 말을 바꿨다. 울컥했지만, 주먹을 움켜쥐며 참았다.

— 그래, 뭔데 그 카노. 함 보자.

형사는 그제야 시디를 컴퓨터에 집어넣었다. 기잉— 하고 시디롬 돌아가는 소리에 심장이 뛰기 시작했다.

— 어, 이거 와 이라노?

무엇이 잘못 되었는지 퉁, 하는 소리와 함께 시디롬이 멈춰 버렸다. 완전 먹통이 된 듯, 시디가 시디롬 입구에 걸려 빠지지도 들어가지도 않았다. 더 이상 참을 수 없어 두 형사에게 살기 어린 시선을 던졌다. 하지만 그들은 귀찮아 죽겠다는 얼굴로 어깨를 으쓱거렸다.

— 사건입니다—!

그때, 거구의 남자가 다급하게 출동을 알렸다. 나를 사이에 두고 곤란해 하던 두 형사는 마침 잘 됐다는 듯 잽싸게 일어났다. 나는 당황해 할아버지 사건 담당 형사의 팔목을 낚아챘다.

— 아, 선생님. 금방 올게요. 금방. 내 올 동안 저거 함 고쳐 보고 있으소.

그가 시디룸에 걸린 채 끼긱거리고 있는 시디를 가
리켰다.

— 하지만~!

　말을 끝내기도 전에 두 형사는 외투를 들고 쌩하
니 나가 버렸고, 나는 둘에게 휩쓸려 중심을 잃고 비
틀거렸다. 그대로 굳어 선 채, 시디룸에 반쯤 걸린
시디를 바라보았다. 내내 억눌렀던 분노가 요동쳤다.
나는 시디룸을 손으로 거칠게 잡아 빼냈다. 그러자
시디룸이 부품째로 본체에서 완전히 부서졌다.

　숨이 가빠왔다. 시디룸을 들고 서슬 퍼런 숨을 뿜
어냈다. 주위에 있던 다른 형사들과 조사 받던 사람
들이, 놀란 눈으로 바라보았다. 모조리 씹어 삼킬 기
세로 그들의 시선을 받아쳐냈다. 전장에서 지켜내야
할 어린 아이처럼 시디를 품에 안은 채, 이빨을 드러
내며 으르렁댔다. 심상치 않은 분위기에 주위에 있
던 이들이 손아귀의 모래가 빠지듯 흩어졌다.

— 준원아!

　그때 진도가 나를 발견하고는 놀란 얼굴로 달려
왔다. 그제야 나는 타올랐던 살기를 가라앉혔다.

53

경찰서를 나와, 진도의 차 안에서 노트북으로 시
디를 재생시켰다. 노트북 화면에 하진이 괴한에게
납치된 모습이 재생되기 시작했다. 다시 한 번 이것
이 환상이 아닌 현실이라는 걸 깨닫는다.

— 야, 이거 장난 아니다. 하… 하진 씨 맞지?

진도는 손을 덜덜 떨며 연신 되물었다. 나는 어
떤 설명도 덧붙이지 못한 채 끄덕였다.

— 하진 씨, 네덜란드로 돌아갔다고 하지 않았냐?
벌써 2년 전이지? 근데 이건 뭐냐?

한 시간 전쯤의 내가 그러했듯 진도도 패닉에 빠
져 헐떡였다.

— 나도 몰라.

답답한 마음에 메시지가 적힌 카드를 그에게 건
넸다. 진도는 카드를 받아들고 사색이 되었다.

— 2일 새벽 4시……? 이거 반나절도 안 남았는데.
경찰은 뭐래?

역시나 어떤 대답도 하지 못하는 내 자신이 원망
스러워 머리를 쥐어뜯었다. 두피로 피가 쏠렸다. 몰
아치는 혼란스러움에, 얼굴을 파묻은 채 숨 쉴 수조
차 없었다.

— 으아아아아악!!!!

수십 개의 바늘로 머리를 찌르는 듯한 고통이 몰려왔다. 나는 차체에 머리를 박아대며 발악했다.

— 야, 야! 진정해!!!

진도가 기겁하며 이성을 잃은 나를 부여잡았다. 내 어깨를 쥐어 잡은 그의 두 손이 십자가의 못처럼 무겁게 느껴졌다. 그때, 몸부림치는 바람에 차고 있던 손목시계에 한 쪽 볼이 긁혔다. 내려다보자 시계는 뻔뻔한 얼굴로 나를 응시하고 있었다. 순간 고여 있던 기억의 잔상들을 헤치고, 두부 같은 얼굴 하나가 떠올랐다.

⋮

실험 장비가 가득 든 박스를 들고 낑낑대며 연구동 3층 계단을 올라가고 있었다.

앞에 굽은 등 하나가 보였다. 옆 연구실에 계시는 서 교수님이었다. 교수님은 십수 년은 됐을 법한 낡은 트렌치코트를 입고 앞코가 헤진 구두를 끌듯이 걸으셨다. 왜소한 체격에 구부러진 등과 숱 없는 희끗한 머리카락이 전체적으로 마른 두부 같은 느낌이었다. 교수님은 꽉 쥐면 모래처럼 바스러질 것 같은 표정으로 복도에 세워진 시계를 바라보고 있었다.

옆 연구실이기도 했지만, 예전부터 나는 서 교수님이 친근하게 느껴졌다. 오래 대화를 한다거나, 강의를 제대로 들어본 적이 있는 것도 아니었다. 그냥 이유 없이 서 교수님이 좋았다. 늘 혼자 학교 주변을 산책하거나 작은 텃밭에 상추 따위를 심고 가꾸는 것도, 도서관 구석자리에 쪼그려 앉아 책을 읽는 모습도, 학생들이 인사를 하면 한 박자 늦게 돌아보며 미소 지으시던 모습도 좋았다.

서 교수님 주위에는 모든 것이 천천히 돌아가는 느낌이었다. 공기도 바람도, 냄새도. 모두 천천히 흐

르고 천천히 퍼졌다. 바라보고 있는 것만으로도 내
시간과 공간까지 한 박자 쉬어 가는 느낌이 들었다.
나는 서 교수님처럼 나이 들고 싶었다.

　　교수님은 의아한 얼굴로 손목시계와 벽시계를
번갈아 보고 있었다. 아마 시간이 맞지 않는 듯했다.
그러다가 알 수 없는 노랫말을 흥얼거리며 다시 느
릿느릿 복도를 걸어가기 시작했다. 자칫하면 들고
있던 박스가 쏟아질 것 같아, 다가가 먼저 인사하기
도 뭣하고 그렇다고 따라잡기도 어색한 상황이었다.
그저 서 교수님과 적당한 거리를 유지하며 걸었다.

　　하지만 서 교수님의 느린 걸음 때문에, 종종 걸음
으로 따라가다 이내 멈칫하며 속도를 조절해야만 했
다. 답답한 마음에 앞지르려 기웃거렸지만, 그런 내
속도 모르고 서 교수님은 벽에 걸린 액자도 한번 봐
주고 땅에 떨어진 껌 종이도 주우며 태평스럽게 걸
어갔다. 나는 결국 교수님과의 거리를 유지하려 애
쓰다, 스텝이 꼬여 박스와 함께 넘어져 버렸다.

— 응?

　　그제야 교수님은 나를 발견하고는 의아한 얼굴
로 바라보았다

— 안… 안녕하십니까. 교수님.

57

무릎을 잡고 인사하자, 서 교수님은 언제나처럼 한 박자 늦게 미소를 지었다.

결국 서 교수님과 발을 맞추어 연구실이 있는 4층 복도에 도착했다. 연구실 문 앞에 서서 밑이 빠질 것 같은 박스를 한 쪽 무릎으로 힘겹게 지탱한 채, 교수님께 인사를 했다. 교수님은 내게 눈인사를 건넨 뒤, 연구실 카드 키를 눌렀다. 하지만 뭐가 잘못됐는지 삐빅- 거리기만 할 뿐 문은 열리지 않았다. 몇 번을 다시 눌러보았지만 역시 경고음만 이어졌다.

— 교수님, 잠시만 계십시오.

당황하고 있는 교수님을 바라보다가, 박스를 문 앞에 내려놓았다. 그리고 곧장 공구를 가져와 카드 키의 뚜껑을 열고 살펴보았다. 얼마간의 조작 후 아귀가 맞아 들어가며 문이 열렸다.

— 다 됐습니다. 교수님

연구실의 문을 열어드리자, 서 교수님은 그 두부같이 흰 얼굴을 찡그리며 웃으셨다. 그러고는 말없이 연구실로 들어가셨다. 나는 닫힌 문 위의 '서상수'라는 명패를 바라보다가, 공구를 챙겨 일어났다. 그때 다시 교수님의 연구실 문이 손바닥만큼 열렸다.

— 자네……. 혹시 시계도 고칠 줄 아는가?

   열린 문 틈 사이로 서 교수님이 이마를 긁적이며
물었다.

⋮

서 교수님의 연구실은 마치 중세시대 고성의, 비밀 서재 같은 느낌이었다. 그 공간엔 오래된 종이 냄새가 가득 풍겨, 들어서는 순간부터 노곤해졌다. 쓰러질 듯 위태롭게 쌓인 책들 사이에, 서 교수님은 파묻히듯 간신히 서 있었다. 그 모습이 꼭 비밀스런 공간을 지키는 늙은 파수꾼 같았다.

나는 쌓여 있는 잡동사니에 부딪힐까 몸을 잔뜩 움츠린 채, 손목시계를 고치기 시작했다. 서 교수님은 한 발치 떨어져서 지켜보고 있었다.

— 다 됐습니다. 교수님.

분해했던 시계부품들을 다시 제자리에 채워 넣고는 뚜껑을 닫았다. 그리고 뿌듯한 마음으로 고친 시계를 교수님께 건넸다.

— 오호…….

서 교수님은 콧잔등 밑에 내려앉은 안경을 미간까지 끌어올려, 멈췄던 시계가 다시 움직이는 것을 뚫어져라 바라보았다. 그런 그를 멋쩍게 보다가, 연구실 안을 둘러보았다. 그러다가 책상 위에 놓인 액자 하나를 발견했다. 액자에는 단발머리에 주근깨가 귀여운 소녀와, 젊은 시절의 교수님이 담겨 있었다.
왠지 모르게 사진 속 소녀의 모습이 친근하게 느껴
져 잠자코 바라보았다.

— 자네, 그럼 이것도 좀 봐주겠나?

넋을 놓고 있던 나에게 서 교수님은 서랍을 뒤져
낡은 손목시계 하나를 꺼내주며 말했다.

— 아? 네.

건네받은 갈색 줄의 손목시계는, 노란색의 시계판
에 아라비아 숫자가 적혀 있는 담백한 디자인이었다.

— 이것도 고칠 수 있겠어?

서 교수님은 내 실력을 의심하는 것인지, 아니면
재차 부탁해서 미안해하는 것인지 모를 눈빛으로 말
했다.

— 네, 해 보겠습니다.

나는 손목시계를 받아 들고, 앞서 했던 것과 마찬
가지로 시계판을 연 뒤 부속품들을 책상 위에 일렬
로 늘어놓았다. 부서지거나 빠진 것이 있나 살펴본
후, 분해한 순서대로 다시 조립해 나가며 움직이지
않는 부분을 찾기 시작했다.

— 어찌 그렇게 잘 고치나?

서 교수님은 시계를 고치는 내 모습을 아이 같은

61

눈으로 바라보다가 물었다.

— 어릴 때 시계방을 했거든요. 어깨 너머로 배웠어요.

— 오……. 그럼 자네, 기계공학을 하지. 왜 생명공학을 하고 있나?

교수님의 물음에 마땅히 답할 것이 없어 미소로 넘겼다. 그러고는 나사가 틀어진 곳을 바로잡은 뒤, 틀어진 나사를 제 위치에 올려놓고 톱니바퀴 두 짝이 제대로 맞물리는지를 확인했다. 마지막으로 나머지 부품들을 분해한 순서대로 다시 채워 넣고, 뚜껑을 닫았다.

— 다 됐습니다.

시계판을 셔츠의 깨끗한 부분으로 한 번 닦아 낸 뒤, 교수님에게 건넸다.

— 대단하네…….

— 아닙니다. 알고 보면 간단한 겁니다. 그럼 뭐 또 시키실 일 없으신지…….

서 교수님이 신기한 듯 연신 손목시계를 훑어보자, 뿌듯한 마음에 목소리가 커졌다.

— 이건 자네 하게.

그때 교수님이 나에게 고친 손목시계를 내밀며 말했다.

— 네?

— 고쳐 준 보답이네.

　　교수님은 우는 것도 아니고 웃는 것도 아닌 미소
를 지었다. 나는 그 미소의 담담함을 거절하지 못하
고 엉겁결에 손목시계를 받아 들었다.

⋮

　손목시계 두 개를 고친 뒤, 서 교수님의 연구실을 나왔다. 나는 연구실 문 앞에 서서 교수님께 받은 시계를 손목에 차 보았다. 가죽 줄이 손목을 감싸자 오래전부터 차고 있었던 것처럼 익숙한 느낌이 들었다. 괜스레 기분이 좋아져, 힘차게 연구실 문을 열고 들어갔다. 같은 연구실 동기인 진도가 책상에 앉아 이번 달 과학 전문잡지를 보고 있었다.

— 왔… 왔냐?

　진도가 당황하며 읽고 있던 잡지를 얼른 치웠다.

— 야, 뭔데?

　그의 행동이 수상해, 다가가며 물었다.

— 아… 아냐. 아무것도.

　뭔가 있다 싶은 느낌에 진도가 숨긴 잡지를 강제로 빼앗아, 읽고 있었던 페이지인 듯 접혀진 부분을 펼쳤다. 그 페이지에는 '올해의 우수 논문' 타이틀 밑에 또래로 보이는 한국인 연구원의 사진이 실려 있었다. 살이 붙고 머리스타일이 달라지긴 했지만, 곧 그가 학부시절 동기라는 걸 기억해 냈다. 혀끝이 썼다.

— 야, 야… 이 자식 미국 가더니 출세했네. 학부 땐

니 꽁무니 쫓아다니면서 떨어진 거나 주워 먹던 놈
인데…….

진도는 위로하려는 듯 어색하게 웃으며 말했다.

— 밥은 먹었냐?

진도의 마음 씀씀이가 고마워, 아무렇지 않게 웃
어 보였다.

— 아니, 종일 삥삥이 시키는 바람에 엉덩이 한 번
못 떼고 있다.

— 이거라도 먹어라.

괜히 오버스럽게 분위기를 띄우는 진도에게, 주
머니에서 빵을 꺼내 던져 주었다.

— 그거 뭐냐? 주웠냐?

진도는 빵을 냅다 받아 한입에 밀어 넣다가, 손목
에 찬 시계를 발견하고는 물었다.

— 이거……?

설명하자니 길겠다 싶어 말꼬리를 흐렸다. 그때
연구실의 문이 열리고, 나와 진도의 담당교수인 이
교수가 들어왔다.

— 교수님, 오셨습니까.

진도와 나는 튕기듯 일어나 바닥에 머리가 닿도
록 인사했다. 이 교수는 정자세로 굳어 선 우리 둘을

기름이 끼어 번지르르한 얼굴로 훑어보았다. 서 교수님과는 달리 온화한 느낌이라고는 찾아 볼 수 없는 차가운 인상이었다. 연구실 안을 메운 공기가 딱딱하게 굳었다.

— 교수님, 식사는 하셨습니까.

진도가 정적을 깨고 말문을 텄다.

— 그래, 자네들도 때 거르지 말고 챙겨 먹어.

— 네, 저희는 알아서 잘 챙겨 먹습니다. 걱정하지 마십시오.

내내 굶었다던 진도는 순간 미간이 뒤틀렸지만, 능청스레 표정을 바꾸며 웃어 보였다. 교수님은 그런 진도를 향해 콧바람을 뿜더니 뒤돌아 나갈 채비를 했다.

— 저⋯ 교수님.

나는 오늘은 꼭 결론을 봐야겠다는 생각에 나가려는 그를 붙잡았다. 내 부름에 그가 미심쩍은 얼굴로 돌아보았다.

— 제, 논문 심사 결과는 언제쯤⋯⋯.

주저하다가 이야기를 꺼내자, 진도가 기겁하며 내 옆구리를 쿡 찔렀다.

— 기다려. 젊은 놈이 보채기는.

심기가 불편해졌는지, 그의 입술이 복화술 하듯 삐죽였다. 그러자 나의 죄를 대신 사죄하려는 듯 진도가 고개를 푹 숙인 채 연신 꾸벅거렸다. 하지만 벌써 수가 틀렸다는 얼굴로 그는 찬바람을 날리며 돌아섰다.

그러다가 다시 멈춰서 가방에서 웬 종이뭉치를 꺼내 나에게 던졌다. 내가 못 받은 것인지, 아니면 일부러 의도한 것인지 민망할 정도로 천박한 소리를 내며 바닥에 떨어졌다. 무릎을 굽혀 바닥에 떨어진 것을 집어 들었다. 초등학교 수행평가지였다.

— 막둥이 놈 과학 숙제란다. 내일까지 해놔.

나도 모르게 손아귀에 분노가 실려 수행평가지가 소리를 내며 구겨졌다. 진도가 다시 내 옆구리를 쿡 쑤셨다.

— 세차는 해놨는가?

그는 뭔가 분풀이 할 곳을 찾는 듯 진도를 노려보며 물었다.

— 아, 네. 바… 바로 해놓겠습니다.

진도는 허리를 접으며 굽실거렸다. 이 교수는 멋쩍게 서 있는 나를 못마땅해 죽겠다는 얼굴로 쏘아보다 문을 닫고 나갔다. 그가 나가자마자 진도가 의

67

자에 털썩 주저앉았다.

— 저 빡빡이 새끼. 저거. 아우 진짜! 머리털을 확 뽑아버릴…….

언제 굼실거렸냐는 듯 진도가 열을 냈다. 그때 다시 문이 열리고 그가 빠끔히 고개를 내밀었다. 진도가 스프링처럼 튀어 올랐다.

— 아니다. 그거 오늘 저녁까지 해놓게.

그는 게슴츠레한 눈으로 내 손에 들린 수행평가지를 보며 말했다. 다시 문이 닫혔고, 진도는 파시시- 안도의 한숨을 뿜으며 내려앉았다. 나는 애쓴 진도를 안쓰럽게 보다가 수행평가지를 과학 잡지 위에 포개듯 올려놓았다. 표지에 해맑게 웃고 있는 동물 캐릭터가 나를 조롱하는 눈빛으로 바라보는 듯했다.

．
．

　밀려 있는 실험을 뒤로 하고 진도와 함께 연구실에서 술판을 벌였다. 갖가지 모양의 비커를 꺼내 술을 담아, 주거니 받거니 하며 시답잖은 농담을 이어나갔다.

— 야, 진짜 이 띨빵한 자식이 이렇게 될 줄 누가 알았겠냐. 이 자식이 이리 풀렸으면 니가 그때 미국 갔으면 벌써 노벨상을 탔겠다.

　진도는 과학 잡지를 꺼내 먼지 털 듯 털며 말했다. 나는 대꾸 없이 비커에 채워진 술을 비워냈다.

— 너 듣기 좋으라고 하는 말이 아니라, 난 진짜 니가 뭔가 될 줄 알았다? 아… 아니, 지금도 니가 뭔가 획을 그을 뭔가… 그르니깐, 뭔가 될 줄 알았다구. 너 중학교 때부터 온갖 경시대회 상이란 상은 다 끌어모으고 영재 지원 받아서 대학 왔을 때까지만 해도. 난 진짜 니가 아주 좆나 대박 잘 나갈 거라고 믿어 의심치 않았다고.

— 됐다. 시답잖은 얘기 고만해라.

　나는 진도의 비커가 비자 술을 따라 주며 덤덤히 말했다.

— 씨발. 뭐, 이딴 놈은 외국 나가서 뭐… 올해의 논문? 웃기고 있네. 진짜 인재는 이 썩어빠진 연구실에 박혀서 교수 아들내미 숙제나 해주고 있고. 수재? 영재? 이 망할 놈의 나라는 천재가 나도, 둔재로 끄집어 내리는 데 아주 재주가 용하다니깐.

진도는 보란 듯이 들고 있던 잡지를 바닥에 내리치며 발로 꾹꾹 밟아댔다.

— 야야야. 너 집에 가. 제수씨랑 애들 기다린다.

— 진짜 그냥 하는 소리가 아니라, 너네 부모님 돌아가시는 바람에 너 유학 취소됐을 때, 내가 막노동 뛰어서라도 너 보내고 싶었다? 응? 아우씨, 애만 안 생겼어도…….

— 야, 제수씨 들으면 섭하시다.

— 그래, 인생이 내 맘대로 안 되더라. 내가 애 하나면 어찌 해볼라 그랬는데 하필 쌍둥일 줄 누가 알았겠냐.

진도는 정말 안타깝다는 듯, 무릎을 탁 치며 통탄했다. 그때 그의 핸드폰이 울렸다. 진도가 풀린 눈으로 전화를 받자, 쌍둥이들이 '아빠~' 하고 부르는 소리가 들려왔다.

— 아구구구구. 우리 꽁주님들~

방금 전의 한탄과 달리 예뻐 어쩔 줄 몰라 하는 그의 모습을 보고 있자니, 싱거운 웃음이 흘러나왔다. 좋은 기운을 뿜는 좋은 사람들의 목소리. 문득 시계 기능만 충실히 하고 있는 내 핸드폰이 민망해져, 엄지손가락으로 액정의 얼룩을 닦아냈다. 그러고는 괜히 네 번째 손가락에 반짝이고 있는 싸구려 커플링을 뺐었다 다시 꼈다.

— 정희씨랑은 아직 그르구 있냐?

어느새 진도가 통화를 끊고 조심스레 내게 물었다. 나는 얼른 커플링 낀 손을 핸드폰과 함께 뒷주머니에 쑤셔 넣고는, 비커에 술을 따랐다.

— 그래, 마시고 죽자.

진도는 분위기를 바꾸려 쾌활하게 건배를 외치며 팔을 들었다. 나도 비커에 술이 쏟아지지 않게 균형을 잡으며, 높이를 맞췄다.

쾅—

그때 연구실 문 너머로 무언가 쏟아지는 굉음이 들렸다. 순간, 우리가 건배한 비커가 깨진 것인가 놀라 서로를 바라보다가 아닌 것을 확인하고는 소리가

71

난 쪽을 좋았다. 서 교수님의 연구실이었다. 누가 먼저랄 것도 없이 뛰쳐나갔다.

— 서 교수님!!!

몇 번을 두드려도 반응이 없자 문을 부수듯 열고 들어갔다. 그리고 쓰러질 듯, 위태롭게 쌓여 있던 책장들이 무너져 있는 것을 발견했다. 엎어진 책장 밑에 서 교수님이 깔려 있었다. 그 모습이 꼭 책 무덤 같았다.

⋮

이틀 뒤, 교내 장례식장에서 서 교수님의 장례식
이 치러졌다.

가족과 인근 친척이 거의 없어 네덜란드에서 유
학 중인 서 교수님의 외동딸이 입국하기 전까지, 장
례에 관한 모든 일은 교수님의 개인 가정부가 도맡
아 했다. 나와 진도는 대학원생들 몇몇과 함께 조문
객들로 번잡한 장례식장을 누비며, 일손을 거들었다.

점심때가 지나고, 한 차례의 조문객이 휩쓸고 간
뒤에야 겨우 허리를 펼 수 있었다. 나는 서 교수님의
마지막을 발견한 후로 그 뒤처리를 하느라 제대로
잠을 자지 못해, 피로가 쏟아질 듯 몰려왔다. 찬물에
세수라도 하고 올까 싶어, 빈 술병을 박스에 담아 넣
고 자리에서 일어났다.

화장실로 가는 길에 빈소 문 틈 사이로 보이는 서
교수님의 영정 사진과 눈이 마주쳤다. 생전의 그 두
부 같은 얼굴로 우는 듯 웃는 듯 알 수 없는 표정을
보고 있으니, 현실감이 들지 않았다. 교수님은 어디
로 가신 것일까. 무심코 내 발끝을 내려다보았다. 사
람의 한 걸음으로, 그 짧은 시간 동안 어디까지 걸어

갈 수 있을까. 언제나 느릿느릿 걷던 서 교수님의 발걸음이 떠올랐다. 아마도 가는 길에 꽃이며 나무며 개미며 이것저것 구경하고 참견하느라 그리 멀리 가시지는 못 했을 것이다. 왠지 모를 안도감이 들었다.

밖으로 나가려는데 영정 사진 옆으로 손님들을 맞이하는 검은 상복을 입은 여인의 실루엣이 보였다. 그러고 보니 상주가 새벽에 도착했다고 들었다. 문득 내내 식당에 붙어 있느라 인사도 못 한 것을 깨달았다. 나는 방에 든 조문객들이 나오면 인사라도 하려고, 옷매무새를 다듬었다. 그때 현관에서 또 다른 조문객들이 물밀듯 들이닥쳤다.

— 준원아!!! 어딨어!

— 네! 갑니다!

하지만 새로 들어온 조문객들을 맞이하느라, 화장실에 가는 타이밍도 놓친 채 다시 식당으로 돌아가야만 했다.

그길로 학과 교수님들이 모여 있는 자리로 술과 안주거리를 들고 갔다. 담당 교수인 이 교수를 비롯하여, 여러 교수님들이 고인에 대해 이야기를 나누고 있었다.

— 이 양반, 생전에도 뜬금없더니 가는 것도 뜬금없

이 가는구만.

— 어째, 장례식장도 적적하네. 부인이랑 사별하고 생전 사람 왕래 안 하더니…….

나는 술잔을 내려놓으며 교수님들의 대화를 본의 아니게 엿들었다.

— 딸내미 하나뿐이라고 했나?

뒤늦게 학과장님이 자리에 앉으며 말을 던졌다.

— 그래, 네덜란드인가 살다가. 어제 들어 왔더라구.

순간 서 교수님의 책상 위에 있던 소녀의 사진이 떠올랐다. 주근깨가 귀여웠던 소녀.

— 자, 간 사람은 간 거고 들게. 들어. 그런데 이번 총장 선거 말인데…….

감상에 빠져 있는데 이 교수가 특유의 게슴츠레한 눈빛으로 말을 이었다. 나는 얼른 빈 그릇을 들고 자리를 빠져나왔다.

새벽이 되자 손님은 거의 나가고 파장 분위기인 장례식장에 나와 진도만 남아서 정리를 했다.

— 들어가. 내일 애들 생일이라며.

연신 하품하는 진도를 보다 못해, 그가 들고 있던 그릇을 빼앗아 들었다.

— 그래, 그럼 너도 대충하고 들어가라.

75

진도는 못 이기는 척 옷을 챙겨 나갔다. 눈빛으로
배웅한 뒤, 다시 뒹구는 술병들을 박스 안에 주워 담
았다. 그때 서 교수님의 가정부인 작은 체구의 중년
여인이 다가와 말을 걸었다.

— 고마워요. 학생. 남은 건 아줌마들이랑 할 테니깐
학생도 들어가요.

두 손바닥을 모아 쥐며 말하는 아줌마의 모습이
꼭 다람쥐 같았다.

— 아니에요. 다 해 가는데요.

괜찮다는 듯 손을 저어 보이며, 술병으로 가득 찬
박스를 들고 일어났다.

그 후로 한 시간 쯤, 대충 마무리 정리까지 끝냈
다. 그러자 순식간에 피로와 졸음이 몰려왔다. 턱관
절이 뻐근할 정도로 하품을 하고는 내일 아침으로
먹을 생각에, 남은 음식을 비닐에 챙겼다. 그러고는
음식이 담긴 봉지를 손가락에 걸고, 한산해진 장례
식장 안을 둘러보았다.

사람들이 많으면 많은 만큼, 적으면 적은 만큼.
장례식장이란 곳은 참 서럽다. 불현듯 부모님의 장
례식 날 기억이 떠올랐다. 나무젓가락이 키가 딱 맞
게 떨어지지 않는 것도, 양초의 촛농이 한쪽으로 쏠

76

려 구부러진 것도, 제사상 음식에 파리가 꼬이던 모습도. 모두 소소하게 서글펐다. 더 머무르다간 쌓인 피로와 함께, 되새기고 싶지 않은 감정이 쏟아져 나올 것 같았다. 나는 도망치듯 다급하게 신발을 찾아 꺼냈다.

양쪽 신발끈을 다 묶고서야 문득, 식장을 나가기 전 서 교수님께 인사를 드리고 가야겠다는 생각이 들었다. 다시 신발을 벗고, 조용히 빈소로 들어갔다. 창호지 문 겹 사이로 영정 사진 속 두부 같은 미소가 보이자, 마음이 알싸해져 왔다.

지금은 어디쯤 가셨을까. 나처럼 신발끈이 풀어져 묶느라, 땅에 떨어진 열매를 줍느라 더딘 걸음이 시겠지. 나는 교수님이 주신 손목시계를 내려다보았다. 교수님의 시간은 언제쯤 멈춘 것일까. 지금은 그 멈춰진 시간의 어디쯤을 걷고 계실까. 이런저런 생각을 하며 시계판을 손바닥으로 눌러 닦았다.

돌아서려는 찰나, 끊길 듯 말 듯한 향 연기 사이로 실루엣이 보였다. 아무도 없는 빈소 안, 한 여인이 영정 사진 앞에 무릎을 꿇은 채 앉아 있었다. 나는 곧 그 여인이 사진 속 주근깨가 귀여웠던 소녀이자, 서 교수님의 하나 뿐인 가족임을 알아차렸다.

그녀는 이상하리 만치 담담하게 영정 사진을 올려다보고 있었다. 방 안에는 적막이 흘렀고, 나는 적막에 갇혀 다가가지도 그렇다고 나가지도 못한 채 그녀를 바라보고만 있었다. 얼마간의 시간이 지나도록, 그녀는 울지도 않고 애써 슬픔을 삼키지도 않은 채. 그저 가만히 영정 사진을 바라볼 뿐이었다. 하지만 한 손에 잡힐 듯 작은 체구에 검은 상복이 유난히 커 보여, 태연한 표정에도 불구하고 애잔함을 감출 수가 없었다.

문득 그녀의 뒷모습이 서 교수님의 굽은 등과 닮아 보였다. 부녀지간이니 닮은 것은 당연하겠지만, 굽은 등을 닮았다는 것은 평소의 생활 습관과 세상을 바라보고 있는 시선까지 닮은 듯 느껴졌다. 그래서인지 그녀가 낯설지 않았다. 그런 생각이 스치자 순간, 서 교수님의 서재에서 풍겨 나오던 오래된 종이냄새가 향 연기를 타고 코끝에 감도는 듯했다.

한참을 그렇게 그녀와 영정 사진 그리고 나 사이에 시공간이 분리된 것 같은 고요가 흘렀다. 느리게 닫혔다 열리는 그녀의 눈꺼풀 소리까지 들릴 듯했다. 그 고요 속에서 내 안의 무언가가 깊게 가라앉았다 떠올랐다. 나는 그녀의 뒷모습에서 낯설지 않은 기분을 넘어 익숙함을, 아니 내 과거와 그리고 미래를 엿보는 듯한 환각을 느꼈다. 그녀의 뒷모습은 서 교수님뿐만이 아니라, 어느 시절의 나와도 닮아 있었던 것이다.

— 아……!

그때 오래 꿇어앉은 탓에 다리에 쥐가 났는지 그녀가 다리를 바꾸었다. 환각이 풀린 듯 그제야 나도 정신을 차렸다. 그녀가 알아차리지 않게 조심히 빈소를 빠져 나왔다.

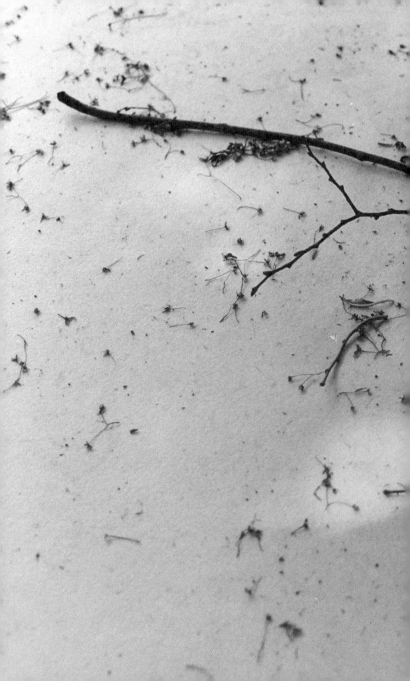

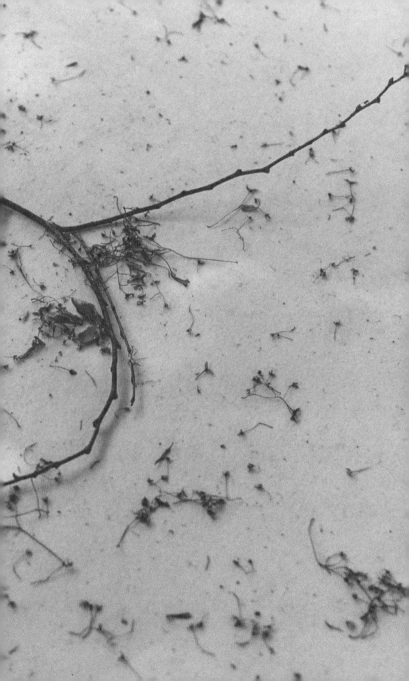

~~6월 1일~~   ~~03시 53분~~

~~6월 1일~~   ~~05시 28분~~

6월 1일   07시 19분

6월 1일   10시 37분

6월 2일   01시 41분

6월 2일   02시 56분

0월 0일   00시 00분

6월 2일   04시 00분

3장

인출기에서 현금을 뽑아 다급하게 가방에 쑤셔 넣었다.

— 얼마나 되냐?

진도는 나를 엄호하듯 양발을 크게 벌리고 서서 불안한 눈빛으로 물었다.

— 출국한다고 방 전세금 미리 받아 놨었어.

— 야, 그래도 택도 없겠다. 이 시간에 현금 5억을 어디서 구한다냐.

진도는 가방 안의 현금을 눈짐작으로 세다가 답답하다는 듯 머리를 긁었다. 나도 터무니없이 모자라다는 것을 알기에, 도움을 구하는 눈빛으로 진도를 바라보았다.

— 야, 알잖아. 통장 관리 집사람이 다 하는 거. 암… 암튼 어쩐다냐.

진도가 시선을 피하자, 나는 자책하며 머리를 헝클어뜨렸다. 그리고 다시 한 번 시간을 확인했다. 우왕좌왕하는 사이에도, 시간은 속절없이 흘러가고 있다. 초조한 마음이 가슴께까지 차오른다. 어떻게 해야 할지 그 어떤 생각도 떠오르지 않아, 혈관이 막힌 듯 손발이 저려왔다.

그때 현금지급기 밑에 떨어진 작은 스티커 명함을

발견했다. 주워 보니 대출 광고지다. '파격 무담보, 즉
시 대출' 따위의 요란한 문구를 읽다가, 다시 손목시
계를 내려 본다. 이내 결심이 서 가방을 들고 나섰다.

　　광고지에 적힌 주소대로 찾아 온 곳은, 한 재래시
장의 허름한 상가 건물이다. 주소에 적힌 번지수를
찾아 상가 건물 3층에 위치한 사무실을 올려다보니
'기도원' 이라고 적힌 간판이 떨어질 듯 말 듯 걸려
있다. 가방을 쥔 손을 폈다 접으며 상가 건물 안으로
들어섰다.
— 야, 야. 차라리 경찰한데 다시 가 보자. 응?
　　진도는 오는 길 내내 안절부절못하다가 다급하
게 내 팔을 잡아맸다.
— 됐어. 벌써 여섯 시간도 안 남았어. 가서 설명하
다 죽어.
　　진도는 '죽는다' 는 말에 침을 꿀꺽 삼키다가, 그
래도 아니다 싶은지 다시 부여잡았다.
— 야… 야~ 준원아!!
— 여기 있어. 그럼.
　　진도의 팔을 뿌리치고 계단을 올라갔다. 내 발걸
음 소리가 한 명도 겨우 올라갈까 말까하는 좁은 계

단에서 배출되지 못하고 이리저리 튕겼다.

― 에이 씨―

진도는 셔츠를 풀어 헤치더니, 곧 한숨을 쉬며 내 뒤를 따라왔다.

창밖으로 붉은 글씨의 기도원 간판이 위태롭게 흔들린다. 용도를 알 수 없는 어두운 사무실 안. 나와 진도는 짙은 갈색 소파에 앉아 있다. 진도는 들어오는 순간부터 제대로 허리도 펴지 못한 채, 바닥만 바라보고 있다. 그런 우리 앞에 딱 봐도 범죄형의 남자가 수하들을 둥글게 배수진 치고 우리를 노려보고 있다.

― 5억. 현금으로?

남자는 두 손으로 한 올도 남기지 않고 정갈하게 머리를 쓸어 올리며 물었다. 나는 고개를 끄덕였다. 그는 흰자가 반 넘게 보이는 삼백안으로 나를 올려다보았다. 그의 눈빛을 피하지 않고 받아쳤다. 내 흔들림 없는 눈빛에 판단이 선 듯 그가 부하에게 손짓으로 무언가를 가져오라는 듯 지시했다.

― 가볍게 오십으로 시작합시다. 하루 넘길 때마다 십씩 올라갑니다.

그는 숫자가 올라가는 시늉을 허공에 사다리를
긋듯 그리며 말했다.

— 오…… 오십? 이자 말입니까? 오 프로도 아니고?
그…… 그건 너무.

그제야 바닥에서 시선을 뗀 진도가 화들짝 놀라
물었다. 진도 옆에 서있던 덩치 하나가 위협적으로
쏘아보았다. 그 시선에 압도된 진도의 입이 쑥 들어
갔다.

— 지금 바로 주실 수 있는 거죠?

기 싸움 따위에 시간을 소비할 수 없다는 생각에
그를 바라보았다.

— 그람~요. 단…… 찍으소.

그가 부하에게 건네받은 서류를 내 앞으로 내밀
었다. 서류 위에는 '신체포기 각서' 라고 쓰여 있다.

— 야야야야!! 안 돼!! 안 돼!!

진도가 기겁을 하며 서류를 뺏으려고 허둥거렸다.
옆에 있던 덩치가 진도의 어깨와 목을 짓눌러 제압
했다. 나는 놀라 굳어 있다가, 어서 찍으라는 압박에
마른침을 삼켰다. 머릿속으로 최악의 상황이 시뮬레
이션처럼 그려졌다. 하지만 이내 시계 초침 돌아가
는 소리가 사이렌처럼 울려 이미지들을 말끔히 지워

냈다. 결심을 다잡고 깊게 몇 번 숨을 골랐다. 진도의 애원하는 눈빛을 애써 피하고, 손가락에 도장밥을 묻혔다.

— 순서는 발가락, 발목. 손가락, 손목. 요래 살살 올라가다가 마지막엔 모가지. 오케이?

그는 혀로 양볼을 훑어낸 뒤, 비릿한 웃음을 흘렸다. 진도가 신음소리를 쥐어짜며 나를 말렸지만, 나는 천천히 고개를 끄덕였다. 그리고 신체포기 각서에 붉은 엄지손가락을 찍어 눌렀다.

그길로 5억이 든 현금 가방을 들고 차로 돌아왔다. 진도는 덩치에게 눌린 곳이 아픈지, 목을 돌리며 쫓아 나왔다.

— 이제 나 혼자 갈게.

그런 진도를 보다가 마음이 좋지 않아, 가방을 차문 앞에 내려둔 뒤 말했다.

— 야, 뭔 소리야. 거기가 어디라고 혼자 가.

진도는 풀고 있던 목을 반대로 꺾으며 놀란 눈으로 나를 바라보았다.

— 너라도 밖에 있어야지, 무슨 일 있으면 신고할 거 아냐.

진도는 내 말에 할 말을 잃은 듯 굳어버렸다.

— 괜찮겠어?

— 응.

나는 애써 담담히 고개를 주억거렸다. 그리고 진도에게 차 키를 건네받은 뒤, 보조석에 5억이 든 현금 가방을 밀어 넣었다. 차에 올라 핸들을 부여잡자 긴장감에 어깻죽지가 무거워졌다. 진도가 차창을 잡고 걱정스런 얼굴로 당부했다.

— 조심해. 난 경찰서로 가서 어떻게든 해 볼게. 무슨 일 있음 바로 연락해.

대답 대신 눈빛으로 답한 뒤, 차키를 꽂고 시동을 걸었다. 다시 시간을 확인했다. 현재 시각 밤 9시 10분. 긴장감과 초조함을 달래기 위해 혀로 입술을 적셨다. 그러고는 핸드폰을 꺼내 알람을 맞춰 놓았다.

새벽 4시 정각

알람 저장 버튼을 누르자, 또깍또깍 시간이 흐르기 시작한다.

⋮

　서 교수님의 사택 입구에 걸린 벽시계는 시간이
멈춰 있었다. 복도에서 시계탑을 보고 있던 교수님
의 굽은 등이 떠올랐다. 물건은 주인을 닮아가는 것
일까. 신기하게도 서 교수님의 시간이 멈춘 것과 함
께 이 집 안의 시간도 멈췄다. 쓸쓸한 기분에 손가락
으로 멈춘 시계 바늘을 살짝 움직여 보았다. 시계바
늘이 끼긱— 소리를 내며 움직이려는 찰나 가정부 아
주머니가 다가왔다.

— 오셨어요. 수고가 많네요.

　아주머니는 아랫배에 두 손을 포개어 모으고 말
했다.

— 아, 아닙니다. 장례식 끝나고 정리한 물건인
데……. 어디에 둘까요?

　나는 들고 온 박스를 가리키며 물었다.

— 아, 교수님 서재에 두면 되겠는데…….

　부엌에서 냄비 끓는 소리가 들렸다.

— 미안한데, 좀 가져다 놔 줄래요? 복도 끝 방이에요.

　아주머니는 부엌과 박스를 번갈아 보며 고민하
더니, 다시 두 손을 포개며 부탁했다.

— 네, 그럴게요.

아주머니가 부엌으로 사라지자 짐 박스를 들고, 천천히 안쪽으로 걸어 들어갔다.

집은 마당과 이어진 복도를 따라 ㄷ자 형태로 생긴 낡은 목조 주택이었다. 걸을 때마다 삐그덕 나뭇결 밟히는 소리가 집 안을 울렸다. 살림살이는 간소했다. 담백한 모습이 생전 서 교수님과 닮아 있었다. 좁은 복도를 꺾어 돌자 아주머니가 말한 서재가 보였다.

박스를 무릎으로 받쳐 올린 뒤, 조금 열린 문틈으로 안을 들여다보았다. 서재의 반쪽이 보였다. 서 교수님의 연구실을 그대로 옮겨 놓은 듯 고성 같은 느낌의 오래된 공간이었다. 박스를 올려놓은 무릎으로 문을 밀고 들어가려는데, 누군가를 발견하고 멈춰 섰다.

서재 안에는 그녀가 있었다.

방금 목욕하고 나온 듯 맨몸에 얇은 담요 하나만 걸친 채, 그녀는 바닥에 누워 있었다. 채 한 줌도 되지 않는 몸을 잔뜩 웅크려 누운 모습이, 꼭 자궁 속 태아처럼 보였다. 놀라 얼른 뒤돌아서는데, 무언가가 눈에 박히듯 들어왔다.

등을 돌려 누운 그녀의 척추를 따라 문신처럼 길게 새겨진 수술 자국이었다. 수술 자국이 척추를 따라서, 숨을 내쉴 때마다 잔물결을 탄 버드나무 가지마냥 일렁이고 있었다. 가만히 보고 있으니 흡사 비늘이 돋아났다 사라지는 것처럼 보이기도 했다.

나는 일단 박스를 문 옆에 내려놓았다. 그리고 조심스레 안으로 들어갔다. 무언가에 홀렸다고밖에 설명할 수 없을 정도로, 그녀에게 향하는 발걸음이 스스로도 이해되지 않았다.

가만히 다가가 무릎을 꿇고 그녀의 뒤에 앉았다. 가까이서 바라보는 그녀는 숙성 중인 밀가루 반죽처럼 새하얗고, 부서질 듯 약해 보였다. 사람이 어떻게 이렇게 옅을 수가 있을까. 나와는 다른, 아니 세상 그 누구와도 애초에 밀도와 농도가 다르게 태어난 사람 같았다. 문득 그녀가 숨을 쉬는 것조차 신기하다는 생각이 들었다. 몸속의 뼈와 내장, 신경, 근육, 그 모두를 덮은 피부까지 제대로 존재하고 있는 현실의 것이 맞을까, 라는 의구심이 들었다.

그녀는 인기척에도 아무런 미동 없이 한 곳을 응시하고 있었다. 그녀의 시선이 닿는 곳을 바라보았다. 그곳에는 부녀의 사진이 놓여 있었다. 서 교수님의 책상 위에 있던 그 사진이었다. 사진 속 해맑은 소녀와, 그리고 그런 소녀를 사랑스레 지켜보는 아버지의 미소. 그 추억과 서러움의 어디쯤에 누워 있는 뒷모습을 바라보고 있자니. 목구멍 언저리가 메어 왔다.

— 누구……?

그제야 인기척을 느꼈는지 그녀의 날개 뼈가 움찔거렸다. 금방이라도 푸드득거릴 것 같은 양 날개 뼈 사이로, 화마처럼 이어진 상처들이 수군거렸다. 손끝이 떨려 왔다. 무슨 용기였는지, 나는 그녀의 척추를 따라 길게 새겨진 수술 자국을 손가락으로 한 땀 한 땀 어루만지기 시작했다. 느닷없는 내 행동에 스스로도 간담이 서늘해졌지만, 멈출 수가 없었다.

— ……오지 마.

그때였다. 들릴 듯 말 듯 그녀가 말했다. 불에 댄 듯 화들짝 놀라 손을 거두었다. 이내 적막이 흘렀다. 지금이라도 사과하고 일어날까 했지만, 무릎이 바닥에 박힌 듯 움직여지지 않았다. 내 몸과 영혼이 내 것이 아닌 듯했다. 환각에 빠진 기분이었다. 어디서 어떻게 그런 용기가 났는지, 나가기는커녕 그녀의 등 뒤에 나란히 웅크려 누웠다. 그러고는 그녀의 등

99

을 조심스럽게 다독이기 시작했다. 내 거칠고 퍽퍽한 손에 솜털 한 올 한 올의 결이 느껴졌다.

— ……오지 마.

다시 그녀가 힘겹게 한 마디를 뱉었다. 하지만 이미 나는 그녀의 곁을 떠날 수가 없었다. 단순한 연민이었는지, 이성적인 끌림이었는지, 같은 아픔을 겪은 동질감이었는지, 아니면 어떠한 오기였는지 아무런 생각도 나지 않았다. 그 무엇의 감정이든, 멈출 수 없을 만큼 강렬했다. 나는 그녀를 감싸 안았다. 조금만 더 힘을 주면 푸스스 흩어져 버릴 듯 두부 같은 몸이었다. 그 아슬아슬한 몸이 바스라지지 않게 조심히 그녀를 다독였다.

내 다독임이 서서히 자리를 잡아 갈 즈음, 그녀가 흐느끼기 시작했다. 아버지의 영정 사진을 올려다보며 애써 눌러냈던 감정을, 서럽게 흐느꼈다. 그렇게 옅은 몸에서 토해 내는 짙은 울음이 계속되었다. 나는 들리지 않고 보이지 않는 척, 마치 존재하지 않는 사람처럼. 그녀의 울음소리를 가만히 받아냈다.

고성의 은신처 같은 적막한 방 안은 어느새 어두워졌고, 쪽창으로 희미하게 달빛이 들어오고 있었다.

그렇게 자궁 속의 쌍둥이 태아처럼, 우리는 나란히
누워 서서히 어둠에 잠식되어 갔다.

⋮

　진도와 나는 장례식 일손을 거드느라 밀린, 실험이며 연구 과제들을 몰아서 해치워야 했다. 그 바람에 며칠을 제대로 자지 못해 상태가 말이 아니었다. 그래서 서 교수님의 사택에 들린 이후, 일주일 뒤에나 겨우 시간이 났다. 그 틈을 타 교수님의 남은 유품을 가져다 놓기 위해 사택에 다시 들렀다. 오솔길 입구에 차를 세워두고 진도와 함께 초췌한 얼굴로 차 트렁크에서 유품 박스들을 꺼냈다.

— 이게 마지막이지? 서 교수님도 참. 한 번에 나르지도 못하게 여기저기 흩어 두시냐. 한데 모아두시지. 뭔 보물찾기 하는 것도 아니고.

　진도는 원고용지가 가득 든 상자 하나를 내 팔 위에 얹어 주며 앓는 소리를 했다.

— 그것도 왠지 서 교수님답지 않냐.

　나는 턱이 뻐근하도록 하품을 하며 대꾸했다.

— 너, 서 교수님이랑 뭔 일 있었냐? 왜 이렇게 교수님 일이라면 희생 봉사 정신이 투철해?

— 마… 마지막이었잖아. 서 교수님 생전에 본 사람이.

　당황해 얼버무리자 진도는 고개를 갸웃거리며

눈을 흘겼다.

― 그렇긴 하지.

그때 진도의 핸드폰이 울렸다.

― 야, 나 먼저 들어가야겠다. 노친네 호출이시다.

진도는 메시지를 확인하는 순간 인상이 확 구겨지며 말했다.

― 알았어. 나 갖다 두고 바로 집으로 갈게. 나이 들었는지 하루 당직했다고 체력이 달린다.

― 그래, 좀 자고 와라. 너 종일 굶었지? 밥도 먹고, 저녁에 봐.

진도는 연신 하품하는 나를 안쓰럽게 바라보며 차에 올랐다.

차가 빠져나가고, 유품 박스와 함께 나는 언덕 초입에 남겨졌다. 고개를 들자 언덕 위로 서 교수님의 사택이 보였다. 남색 지붕의 아담한 단층 목조 주택이었다. 학교 안에 있기는 했지만 교수님들의 사택지는 학교와는 동떨어진 느낌이었다. 학교 본 건물과 사택지 사이에 호수가 있어 시공간이 분리된 기분이었다.

나는 박스가 떨어지지 않게 균형을 유지하며 오

솔길을 올라가기 시작했다. 평소 운동 부족 탓에 이내 숨이 찼다. 어느새 어슬했던 기운도 사라지고 이마에 땀이 맺혔다.

그때 언덕 위쪽에서 자전거 소리가 들렸다. 놀라 소리가 나는 쪽을 바라보았다. 순간 타고 있는 사람이 누구인지 보이지 않을 만큼, 바구니에 짐을 한가득 실은 자전거가 나를 향해 돌진하듯 내려오는 모습이 보였다. 피해 보려 이쪽저쪽 몸을 움직였지만, 길은 좁은 데다 들고 있는 짐은 산더미라 시야조차도 확보가 되지 않았다. 자전거도 피할 곳이 없었는지 비틀거리다가, 방향을 잃고 휘청거리며 질주해왔다.

— ……어, 어……!

휘둥그레진 눈으로 엉거주춤 서 있다, 자전거와 부딪혀 그대로 쓰러졌다.

얼마간 정신을 차리지 못 한 채, 나는 들고 있던 짐 박스 위에 엎어져 있었다. 잠시 후 내 무게를 버티지 못한 박스가 찌그러지며, 맨흙이 얼굴에 닿으려는 걸 가까스로 피해 일어났다. 까진 팔꿈치를 잡고, 어떻게 된 것인가 두리번거렸다. 내 앞에 자전거와 함께 대자로 엎어져 있는 한 여자가 눈에 들어왔다. 하진이었다.

— 저, 저……!

놀라 다가가려다, 쏟아진 책 더미를 밟고 다시 수풀 위로 미끄러졌다. 거꾸로 엎어진 시야에, 쓰러진 하진 주위로 흩어져 있는 하얀 무언가가 눈에 들어왔다. 나무 막대기 같기도 하고 곤봉 같기도 해, 무엇인지 좀처럼 가늠이 되지 않았다. 하지만 나는 곧 그것들이 갖가지 부위의 '뼈' 임을 알아차리고 소스라치게 놀라며 일어났다.

신음하며, 하진이 천천히 일어나기 시작했다. 헝클어진 머리에 포대 자루 같은 원피스를 아무렇게나 걸쳐 입고, 깡마른 몸으로 비틀거리며 일어나는 그녀의 모습이 괴기영화 속 주인공 같았다. 하진은 그 기괴한 모습으로 무릎을 부여잡고 아파했다. 나는 딸꾹질이 절로 튀어나왔다.

— 괜, 괜찮아요?

딸꾹질을 삼키며 재차 물었다.

— ……당신.

하진은 의아한 얼굴로 바라보았다. 나를 알아본 눈빛이었다.

— 아… 그게, 그땐…….

머릿속에서 지난 밤 서재에서의 일이 재생되었다. 내 뜬금없고 무례했던 행동이 떠오르자 등줄기가 서늘해졌다. 그런 나를 하진은 말없이 뚫어져라 바라보기만 했다. 도통 의중을 알 수 없는 그 시선에 제발이 저려왔다. 나는 아무 말도 못하고 딸꾹, 딸꾹. 연달아 개구리 울음 소리 같은 숨만 삼켰다.

그길로 얼떨결에 하진의 자전거를 끌고 함께 사택으로 올라왔다. 집에 도착하자마자 하진은 뼈 바구니를 자전거에서 내려 마당 한편에 챙겨 두었다. 내내 뼈들의 용도를 묻고 싶었지만 입이 떨어지지 않았다.

— 재료예요.

불안한 내 마음을 눈치챈 듯 하진은 씽긋 웃으며 말했다.

— 재료요……? 무슨?

— 공예가예요. 나무나 흙, 철, 동…… 같은 걸로 조각하는 것처럼 저는 뼈로 작품을 만들어요.

— 아…….

그제야 이해가 될 듯 말 듯했다. 하진은 자기 팔

목보다 더 굵은 뼈들을 포대 자루에 담았다. 그리고 능숙하게 쓸 것과 쓰지 못할 것을 척척 골라내기 시작했다.

— 그런데……. 무슨 뼈예요?

그 모습을 불안하게 바라보다 물었다.

— 주로 동물 뼈죠. 개나, 고양이…… 소, 돼지. 뭐 기타 등등.

— 아…….

나는 묘한 안도감에 웃는 것도 아니고 찡그린 것도 아닌 얼굴로 한숨을 내쉬었다.

— 무덤에서 파 오기라도 했을까 봐요?

— 아, 아뇨. 그냥 신, 신기해서.

정곡이 찔려 얼른 손사래를 쳤다. 그런 내가 재밌다는 듯 하진은 키득거리며 웃었다. 그때 눈치 없이 배에서 뱃고동 소리가 울렸다. 민망함에 다시 딸꾹질이 올라왔다.

— 밥 먹을래요?

하진이 물었다. 그녀와 눈이 마주치자 또 딸꾹- 하고 개구리 숨이 넘어갔다.

부엌에서 하진은 분주히 국을 끓이고 밥솥에서

밥을 퍼 담았다. 나는 머쓱해 의자에 엉덩이를 제대로 붙이지도 못한 채, 괜히 식탁 위의 얼룩을 손가락으로 문질러댔다. 하진은 그런 나를 보며 빙긋이 웃어 보였다.

그녀는 곧 김이 폴폴 나는 사골 국과 공깃밥을 내왔다. 말간 사골 국물을 보자 자연스레 말간 뼛조각들이 연상되었다. 쉽게 숟가락을 들지 못하고 마른침만 넘겼다.

— 오늘 아침에 끓인 거예요. 먹어요.

내가 불안해하자 하진이 어르듯 말했다. 그 말에 애써 숟가락으로 뽀얀 국물을 천천히 휘저었다. 살집이 두툼하게 붙은 뼈 한 조각이 숟가락에 올려졌다. 또다시 딸꾹- 숨이 넘어갔다.

— 남은 거 넣고 팔팔 끓였어요.

하진은 부엌의 전창 너머로 비춰지는 마당을 응시하며 태연히 말했다. 그녀의 시선이 닿은 곳에는 뼈가 담긴 바구니가 덩그러니 놓여 있었다. 내 불안감이 사실이었구나 싶어 숟가락을 든 손이 볼품없이 휘청거렸다. 하진은 장난꾸러기 같은 눈으로 올려다보며 웃었다.

— 걱정 말아요. 가게에서 사 온 거니깐.

그녀는 재밌어 죽겠다는 듯 키들거렸다. 나는 안
도하며 한 술 뜨기 시작했다.

— 맛… 맛있네요.

어색하게 말하고는 크게 한 입 밀어 넣었다. 하진
도 숟가락을 들었다. 그녀와 내 숟가락이 그릇에 짜
각짜각 부딪히는 소리가 엇박자로 이어졌다.

간만에 밥을 든든히 먹은 덕인지 졸음이 몰려왔
다. 마당에 놓인 낮은 평상에 걸터앉아, 햇볕을 받으
며 늘어지게 하품을 했다. 그때 하진이 찻잔을 들고
와 내 옆에 앉았다. 얼른 손으로 입을 가리고, 녹아
내리고 있던 상체를 꼿꼿이 폈다. 하진은 편하게 있
으라는 듯 부드럽게 웃으며 찻잔을 내밀었다.

— 감사합니다.

입을 가렸던 손바닥을 바지춤에 쓱쓱 닦은 뒤 찻
잔을 받았다. 따뜻한 유자차였다.

— 그거…….

하진이 내 손목에 채워진 시계를 바라보며 눈을
둥그렇게 떴다.

— 아, 이거…….

— 아빠 거네.

— 아, 그게… 제가 뭘 작은 걸 도와드렸는데…….

당황해 잘못을 저지른 아이처럼 안절부절못하며, 시계를 매만졌다. 하진은 손목시계를 내려다보며 알 수 없는 표정을 내비쳤다.

— 아빠가 믿었었나 봐요. 자기 물건 남한테 잘 안 주는데…….

딱히 그런 것은 아닌데, 싶었지만 마땅히 대꾸할 말이 없었다. 게다가 하진의 웃는 듯 우는 듯 모호한 표정에 그냥 속없이 웃었다.

— 언제 가세요?

— 네?

— 아, 외국에서 공부하시다 오셨다고 들어서…….

나는 마당 한편에 놓인 뼈 바구니를 바라보며 물었다.

— 아, 정리할 것들 좀 하고 천천히 몇 개월 있을 거예요.

— 네…….

정적이 흘렀다. 하진과 내가 홀짝홀짝 차 마시는 소리만 번갈아 이어졌다.

— 커플링?

가라앉은 유자 껍질을 차 스푼으로 들어 올리려

애쓰다가 그녀의 물음에 멈칫했다.

— 아, 네…….

　　그리고 커플링을 낀 손가락으로 뒷머리를 긁적였다. 하진은 또 안개 같은 미소를 짓다가, 차를 홀짝이기 시작했다. 다시 어색한 정적이 흘렀다.

　　한동안 그 정적을 애써 깨지 않고 나른한 얼굴로 볕을 쬐었다. 왠지 모르겠지만, 그 어색함이 더없이 편안하게 느껴졌다. 하지만 곧 편안함을 넘어 졸음이 쏟아졌다. 하품을 안으로 삼켰지만 삐져나오는 것을 막기엔 역부족이었다.

— 졸리면 자요.

— 네?! 아, 아뇨. 가봐야죠.

　　놀라 얼른 머리를 흔들어 졸음을 쫓으며 답했다.

— 자고 가요.

　　하진은 아이 같은 눈빛으로 나를 말끔히 바라보았다. 순간 그전 밤 서재에서 웅크린 채 흐느끼던 그녀의 모습이 떠올랐다. 그런 그녀를 안아 다독이던 내 모습도 떠올랐다. 나는 또다시 무언가에 홀린 듯, 나를 바라보는 하진의 눈빛을 이겨내지 못했다.

　　평상 위에 무릎을 모은 채 누워 햇살이 콧잔등에

111

내려앉는 것을 느꼈다. 누워 있는 내게 하진이 담요를 덮어 주었다. 담요에서 포근한 섬유 유연제 향기가 올라왔다. 아마 서재에서 그녀가 덮었던 담요인 듯했다.

자꾸만 감기는 시야 너머로 말없이 앉아 볕을 쬐는 하진의 모습이 보였다. 나는 그녀의 발가락이 꼼질꼼질 움직이는 모습을 더 지켜보고 싶었지만, 버틸 수 없을 정도로 눈꺼풀이 무거워졌다. 몇 번 더 눈을 부릅뜨려 애쓰다가, 이내 포기하고 눈을 감았다.

귓가에 바람소리, 하진이 손가락으로 나무 평상 위를 훑는 소리, 나뭇잎이 내 머리 위에 떨어지는 소리를 들으며 그대로 잠이 들었다. 그리고 정말 오랜만에 좋은 꿈을 꾸었다. 누군가와 함께 푸른 언덕에서 바람을 가르며 자전거를 타는 꿈을.

~~6월 1일~~   ~~03시 53분~~

~~6월 1일~~   ~~05시 28분~~

~~6월 1일~~   ~~07시 19분~~

6월 1일   10시 37분

6월 2일   01시 41분

6월 2일   02시 56분

0월 0일   00시 00분

6월 2일   04시 00분

어느새 시내를 벗어나 고속도로를 타기 시작했다.

핸들을 잡은 손이 덜덜 떨리고 있다. 주머니에서 담배를 찾아 입에 물었지만, 빨아올릴 힘도 나지 않아 부러뜨려 버렸다. 라디오를 켤까, 껌이라도 씹을까, 마음을 안정시키기 위해 할 수 있는 모든 경우의 수를 떠올려 본다. 그러나 어떤 것도 소용없다는 것을 깨닫고, 떨리는 손을 겨우 진정시켜 핸들을 꽉 부여잡는다.

자, 이제 어디로 가야 하는 것인가. 자문해 본다. 하지만 역시 아무것도 떠오르지 않는다. 손바닥에 땀이 차오른다. 생각을 정리하려 머리를 털어내자 스치듯 무언가가 떠오른다. 다급하게 재킷 안주머니를 뒤져, 시디와 함께 동봉되어 있던 카드를 꺼냈다.

6월 2일 새벽 4시. 경북 봉화군 …

메모를 중얼거리며 내비게이션에 주소를 찍었다. 과도하게 경쾌한 목소리가 울려 퍼졌다.

— 300미터 전방에서 직진하세요

손목시계를 내려다본 후 차체에 붙은 전자시계와의 시간차를 조정했다. 시계판의 시각이 10시 37

분에서 38분으로 넘어갔다. 다시 떨리는 손으로 핸들을 부여잡는다.

아무것도 보이지 않는 적막한 고속도로 위에 헤드라이트 불빛만이 앞을 밝혀낸다.

⋮

　간만의 단잠에 머리가 맑아졌다.

　나는 하진의 집에서 나와 콧노래를 흥얼거리며 연구동으로 향하는 언덕길을 올랐다. 머리에서 무언가 흘러내려 떼어 보니, 나뭇잎이었다. 얼굴이 달아올랐다. 잎을 손가락으로 만지작거리니 괜스레 마음이 간질거렸다. 그때 연구동 앞에 서 있는 누군가가 보였다.

— ……정희야.

　놀라움과 반가움이 뒤섞여 그녀를 보았다. 정희가 나를 발견하고 머리카락을 쓸어 넘기며, 환하게 웃었다. 순간 주변이 또렷해지는 것 같았다.

　우리는 학교 정문에 있는 소박한 분위기의 카페로 들어왔다. 주말 낮이라 그런지 손님은 보이지 않았고, 만학도로 보이는 아르바이트생이 두툼한 전공 서적을 읽으며 가게를 지키고 있었다. 정희와 나는 마주본 채, 아무 말 없이 커피만 마셨다. 4주 만인가, 한 달 만인가. 그게 그건가. 아무튼 정말 오랜만에 만난 그녀는 변함없는 모습이었다.

124

정희는 항상 백합 같은 미소를 띠고 있었다. 그래서 늘 꽃 같았다. 함께 있으면 꽃향기가 묻어나, 나에게도 좋은 냄새가 묻어날 것 같았다. 나는 은은히 풍기는 향취를 좇다가 문득 연분홍색 매니큐어가 매끄럽게 발린 그녀의 손을 바라보았다. 유리잔을 부드럽게 감싸고 있는 손톱이 꼭 수놓은 듯 고왔다.

— 나…… 기다렸어?

그녀가 정적을 깨고 물었다.

— ……어.

그제야 손에서 시선을 떼고, 쑥스럽게 그녀를 바라보았다. 순간 그녀가 나를 바라보는 눈빛에 애잔함이 깃들었다. 그동안 억눌렀던 감정이 분출된 듯, 나도 그녀를 애달프게 바라보았다. 그리웠다. 나를 부드럽게 바라보는 그 눈빛이. 그때 시간을 맞추기라도 한 듯 그녀의 눈동자에서 똑-딱 하고 눈물이 떨어졌다.

— 정, 정희야…….

나는 어쩔 줄을 몰라 허둥거렸다.

— 미안해…….

강아지같이 커다란 눈동자에서 연달아 떨어지는 눈물방울이 볼을 타고 주르륵 흘러내렸다. 영화 속

125

한 장면처럼 아름다웠다. 아름다운 만큼 마음이 아파왔다.

— 아… 아니야. 이제 진짜 내가 잘 할게.

나는 정희의 볼을 타고 흐르는 눈물을 닦아주려 손을 뻗었다. 그런데 내 손길이 닿지 않게 그녀가 볼을 살짝 떼어 냈다. 머쓱해진 손을 거두고 의아한 표정으로 바라보자, 강아지같이 그렁그렁했던 눈망울이 차갑게 식었다.

정희는 손바닥만 한 핸드백에서 작은 손수건을 꺼내 눈물을 닦았다. 그러고는 콤팩트를 열어 눈물 때문에 지워진 화장을 고치고, 입술을 오므려 립스틱도 정성 들여 새로 발랐다. 끝으로 만족한 듯 살짝 미소 짓더니, 다시 차가워진 눈으로 나를 바라보았다. 나는 갑자기 돋아난 가시에 놀라, 그녀의 행동을 지켜보기만 했다.

— 갈게.

— ……왜.

— 못 알아듣는 것 같아서.

담백한 대답에 머릿속이 하얗게 번졌다.

— 기다리지 마. 이제.

그녀의 입술에서 가시가 뱉어졌다.

— ……왜 그래.

진짜 몰랐던 것인지, 아니면 모른 척 하고 싶었던 것인지 모르겠다. 나는 그저 그녀가 뽑는 가시들을 받지 않으려 안간힘을 썼다. 그런 나를 아랑곳 않고 그녀의 커다란 눈동자가 마지막 경고 신호를 보내듯 깜박였다.

— ……생존 본능이랄까.

아이처럼 해맑은 얼굴로 그녀가 담담히 말했다. 애써 막고 있던 가시가 손바닥을 뚫고 가슴에 박혔다.

— 오빠 내 생존에 해가 될 것 같거든.

코팅된 듯 반짝이는 입술이 다시 한 번 나를 정조준 했다.

⋮

정희가 나간 후에도, 한참을 그 자리에 머물러 있었다. 유리잔에 남은 립스틱 자국만 멍하니 바라보다가, 결국 마감 시간이 되어 카페에서 쫓겨났다. 나는 옆 호프집으로 자리를 옮겨서 안주도 없이 술을 마셨다. 무슨 일이 있었는지, 그녀가 무슨 말을 했는지 생각나지 않을 만큼 취한 뒤에야 터덜터덜 연구실로 돌아왔다.

연구실 문을 열자, 진도가 굳어 있었다. 그 옆에는 험악하게 인상이 구겨진 이 교수가 서 있었다.

— 이, 이 자식이······. 야, 야. 정신 차려!

내가 비틀거리며 들어오다가 책상에 부딪히자 진도가 겨우 부여잡았다.

— 안녕하십니까. 교수님.

나는 진도의 어깨에 손을 걸쳐 기댄 채로, 따갑게 쏘아보는 이 교수에게 넙죽 인사했다.

— 자네, 지금 제 정신인가? 어디서 술이나 처먹고 이제 기어 들어와?

— 죄송합니다. 교수님.

이 교수의 경멸이 담긴 눈빛과 마주치자 고개가

떨어졌다. 그 모습이 화를 더 돋운 것인지 연구실 안
의 공기가 싸늘하게 식었다.

— 자네. 도대체 뭘 믿고 이 짓거린가? 지금, 때가 어
떤 땐데 그 따위 정신으로 뭐라도 할 수 있을 거 같아?

그가 손가락으로 내 이마를 툭툭 튕기기 시작했
다. 목구멍까지 모욕감이 치미는 걸 술기운의 힘을
빌려 눌렀다.

— 저… 교수님. 서 교수님 장례 끝나고 밀린 것, 며
칠 철야한다고 좀 피곤했었나 봅니다.

진도가 어쩔 줄 몰라 대신 변명을 늘어놓았다.

— 하, 피곤해서 술이나 처마시고 다녀? 자넨 정신
상태가 글러 먹었어. 이 따위라면 박사? 교수? 자네
같은 꼴통은 평생 연구실에나 처박혀 남 뒤나 닦고
살 걸세. 다음 학기 강의, 생각도 하지 말게.

그가 더 강한 강도로 툭툭 내 이마를 튕겨내자,
점점 두통이 일었다.

— 저… 교수님…….

진도가 더 보고 있을 수 없었는지, 내 이마를 튕
기는 그의 손을 붙잡았다.

— 자네도 강의 죄다 끊기고 싶어?

그가 독사 같은 눈으로 진도를 쏘아보았다. 진도

는 놀라 입이 쑥 들어간 채, 숨죽은 배추 같은 얼굴
로 나를 바라보았다.

그가 내 머리를 농구공 튕기듯 튕겨내서인지, 아
니면 단순히 술기운 때문이었는지 머리가 깨질 듯
아파 왔다. 머릿속에 수십, 수백 개의 가시들이 튀
고 있는 느낌이었다. 자꾸만 구겨지는 미간을 손가
락으로 꾹꾹 눌러 펴며, 통증을 가라앉히려 안간힘
을 썼다.

— 이거 아침까지 해놔.

그는 마지막 경멸까지 싹싹 긁어 담은 눈빛으로
나를 노려보다가, 가슴팍에 무언가를 던졌다. 이 교
수가 문을 열고 나가는 것과 동시에 수행평가지가
발밑에 툭 떨어졌다. 그의 발소리가 멀어져가자 나
는 수행평가지를 줍기 위해 허리를 구부렸다. 늘 그
렇듯 표지에 그려진 동물 캐릭터가 조롱하듯 해맑게
웃고 있었다. 다시 머릿속 가시들이 엄청난 속도로
튕기기 시작했다. 머리통 전체가 감당할 수 없을 만
큼 아파왔다. 곧 가시들이 내피를 뚫고 분출할 듯 튀
어 올랐다. 더 이상 참지 못하고 연구실 문을 박차고
나왔다.

— 야! 어디 가! 야! 윤준원!!!

진도의 목소리가 뒤를 쫓았지만, 구토 직전의 상
태로 쓰러지듯 계단을 뛰어 내려왔다.

⋮

농대 건물 뒤쪽으로 이어진 호숫가에 앉아, 소주를 병째 들이켜기 시작했다.

고작 도망친 곳이 여기라니. 스스로가 한심해 실없는 웃음이 새어 나왔다. 나도 모르게 손에 들고 온 수행평가지를 내려다보았다. 여전히 곰인지 개인지 알 수 없는 캐릭터가 해맑게 웃고 있었다. 속 모르고 웃고 있는 놈이 얄미워, 표지를 찢어냈다. 찢어낸 종이로 비행기를 접었다. 그리고 호수를 향해 날렸다. 비행기가 날아가 내 유년시절의 기억에 맞닿았다.

아버지는 손재주가 좋았다. 시계를 고치는 일 외에도, 시간이 나면 취미로 프라모델 따위를 조립했다. 아버지는 주로 대형 항공기나 전투기 등 비행기 모형을 잘 만들었다. 가게는 종일 손님이 두세 명 들를까 말까 했고, 그곳에서 아버지는 시간과 싸우며 하루를 보냈다. 그 징그러울 정도로 싱거운 시간 속에서 아버지는 비행기 모형을 조립했다. 어릴 적 나는 그런 아버지 옆에서 비행기 조립에 대해 이런저런 훈수를 두며 구경하고는 했다.

아버지는 완성된 비행기 모형을 시계방 가장 잘

보이는 전시장에 넣어 두었다. 하지만 그 비행기 모형보다 더 좋은 자리를 차지하고 앉은 것은, 내가 받아 온 각종 상장들이었다.

— 우리 아들, 나중에 크면 아부지 진짜 비행기 태워줘야 한다.

아버지는 프라모델들을 내 상장을 호위하는 기사들처럼 배치하며 말했다. 그럼 난 크게 고개를 끄덕이며 걱정 마시라, 엄지손가락을 치켜세웠다.

어린 시절과 달리 스프링이 고장 난 장난감처럼 힘없이 끄덕이며 소주를 들이켰다. 그리고 표지의 다음 장을 찢어내 다시 비행기를 접어 호수를 향해 날려 보냈다. 이번 비행기는 그녀와 행복하기만 했던 시간들로 날아갔다.

학부 시절, 정희와 종종 이곳에 와서 도시락을 먹고는 했다. 지금도 변함없이 아름답지만 그때의 그녀는 햇살처럼 반짝였다. 그 시절의 나는 그녀의 밝음에 기생해 살았다고 해도 과언이 아니었다.

— 오빠, 그럼 졸업하면 바로 유학 가는 거야? 나는, 나는?

햇살 같은 미소를 지으며 그녀가 나를 바라보았다.

— 내 트렁크에 넣어서 가지.

나는 사랑스런 미소를 한 줌이라도 놓칠세라 그녀에게서 눈을 떼지 못했다.

— 우와, 나 그럼 박사 사모님 돼서 비행기 타겠네?

해맑게 웃는 그녀의 얼굴이 공기 중에 스펙트럼처럼 번졌다.

소주를 한 모금 들이켜 목을 적신 뒤, 수행평가지의 다음 장을 쭈욱 찢어냈다. 또 비행기를 접어 호수를 향해 날렸다. 비행기는 날아 차가운 응급실 천장 어디쯤에 꽂혔다가 주둥이가 뭉그러지며 떨어졌다.

눈이 멍청하다 싶을 정도로 많이 오던 겨울밤이었다. 어머니를 실은 이동 침대가 응급실로 빨려 들어갔다.

— 엄마! 정신 차려! 엄마!

다급한 얼굴로 외치는 내 목소리를 들은 것인지, 못 들은 것인지. 나를 바라보는 어머니의 눈동자가 분주히 허공을 쫓았다. 하루에 두세 명 들르던 손님조차 점점 사라지게 될 즈음 아버지는 친구의 권유로 시계방을 정리하고 아파트 단지가 들어선다는 옆동네에 치킨집을 차리기로 하셨다. 하지만 동업하자

던 친구는 자본금을 들고 사라졌다. 아버지는 그길
로 쓰러져 얼마 후 세상을 떠났다. 그 뒤 어머니의
시선은 늘 허공에 머물렀다.

— 미안해. 남긴 거라곤 빚밖에 없네…….

어머니는 넘어가는 숨을 부여잡고, 나에게 마지
막 말을 남겼다.

— 엄마!!!!

그제야 어머니는 허공이 아닌, 내 두 눈을 바라보
았다. 하지만 나는 어머니의 모든 생기가 사그라지
는 것을 도리 없이 지켜보아야만 했다.

점점 비행기를 접는 속도가 빨라졌다. 이번에는
팔을 뻗어 좀 더 멀리 비행기를 날렸다. 비행기는 힘
을 받아 학교 앞 분식집 어묵 국물 위에 떨어졌다.

— 그럼, 학교에 남는 거야……? 유학 못 가……?

정희는 떡볶이를 깨작거리다가, 비에 젖은 강아
지 같은 눈으로 물었다.

— 어… 일단 집안일부터 정리하고… 돈도 좀 모아
서…….

그때 나에게 남겨진 것은 빚더미와 아버지가 애
지중지하던 비행기 모형들뿐이었다. 무엇을 더 정리

해야 될지 알 수 없었지만, 분명한 것은 나는 더 이상 부모님도 그녀도 아니 그 누구도 비행기를 태워줄 수 없다는 사실이었다.

— 얼마나 걸리는데? 1년? 2년?

말똥말똥 나를 바라보는 그 눈망울이 예뻐 가슴이 아려 왔다.

— 그, 글쎄… 한국에서 학위 따는 것도 나쁘지 않아. 어디든 나만 잘하면…….

— 오빠만 잘하면……? 오빠가 잘하면 뭐 될 수 있는데……?

순간 내 허풍 같은 호기로움은 발뒤꿈치로 숨어버렸다.

— 그, 그러니깐…….

말을 잇지 못하고 괜히 발뒤꿈치만 바닥에 긁어댔다. 그녀의 눈빛이, 훅 하고 바람을 분 양초처럼 파시시 꺼져갔다. 마치 사그라지던 어머니의 마지막 모습과 닮아 있었다. 어머니의 마지막을 부여잡지 못했던 것처럼. 그녀의 마음이 그을음만 남기고 꺼져가는 모습을 보면서도, 나는 그저 마른 발뒤꿈치만 속절없이 비벼댈 뿐이었다.

어느새 술도 떨어지고, 비행기를 접을 수행평가
지도 남아 있지 않았다. 나는 그동안 날린 비행기가
어디쯤 날아갔나 보기 위해 일어섰다. 손에 들려 있
던 소주병이 툭 떨어져 굴렀다.

내가 날린 비행기들이 채 몇 미터도 날아가지 못
하고 구렁텅이에 쌓여 있었다. 코끝이 시큰해졌다.
내가 태워주지 못한 비행기가 떨어져 있다. 나를 떠
나 훨훨 날아갔던 그들을 쫓아 허둥지둥 날갯짓을
해 보았지만 얼마 가지도 못하고 떨어졌다. 나는 날
아가지 못한 내 자신이 서러워 한참을 구겨져 있었다.

⋮

술에 취해 호수의 수면이 용암처럼 끓어오르는 듯 보였다.

그 모습을 보고 있자니, 소변이 급해졌다. 나는 비틀대며 숲 쪽으로 내려와 적당한 자리를 찾아 두리번거렸다. 언덕 밑에 동굴처럼 파인 커다란 구덩이가 보였다. 여기다 싶어, 자세를 잡고 바지춤을 헤치는 순간, 둔탁한 무언가가 부러지는 소리가 구덩이에서 올라왔다. 술기운에 잘못 들은 것인가 마른 눈을 비볐다. 그때 다시 우지끈, 하고 정체 모를 소리가 들려왔다. 눈을 부릅떠 풀어진 시야를 바로 잡으려 애쓰며, 소리가 나는 구덩이 밑을 내려다보았다.

흰 원피스를 입고 머리를 풀어헤친 한 여인이 보였다. 그 기괴한 모습에 바지춤을 움켜잡은 채 그대로 굳어버렸다. 여인은 낑낑거리며 제 키만 한 삽을 들고 땅을 파고 있었다. 그 옆에는 아마도 묻을 요량인지, 뼛조각들이 수북이 쌓여 있었다. 놀라, 두어 발짝 뒤로 물러났다.

— 어…….

여인은 맹렬히 삽질을 하다가 뒤늦게 나를 발견

하고는 눈을 껌벅였다. 그러고는 흙투성이가 된 얼굴에 하얀 이빨을 드러내며 환하게 웃어보였다. 하진이었다. 어째 단 한 번도 평범하게 등장하지 않을까…… 술이 확 깼다.

정신을 차리고 보니, 삽을 들고 구덩이를 파고 있는 것은 나였다.
— 혼자 해도 되는데.
하진은 옆에 쪼그려 앉은 채 중얼거렸다.
— 아니에요. 다 했는데요 뭐.
나는 어색하게 웃어 보이고는 다시 뼈를 묻을 구덩이를 파기 시작했다. 얼마나 열심히 삽질을 했는지 금세 땀범벅이 되었다. 덕분에, 마신 술이 땀으로 배출되어 점점 정신이 맑아졌다.
하진은 뭐가 재밌는지 장난기 가득한 얼굴로 요리조리 나를 살펴보았다. 그런 그녀를 볼 때면 무장해제가 되는 기분이었다. 나는 왜 이 사람 앞에선 늘 뜬금없는 행동을 하게 되는 것일까…… 얼마간 생각해도 이유를 알 수 없자 머리를 털었다. 그리고 체중을 실어 다시 삽을 내리 꽂았다.
어깨와 팔이 얼얼할 만큼 판 후에야 장독 두어

139

개가 들어갈 만한 구덩이가 생겨났다. 구덩이에 그
녀가 가져온 뼈들을 묻었다. 그러고는 퍼낸 흙으로
다시 구덩이를 메우기 시작했다. 한참을 뼈를 묻다
가 불현듯 무언가 떠올라 삽질을 멈추었다.

　나는 손가락에서 커플링을 빼어 구덩이에 던져
넣었다. 반지는 또르르 굴러 뼈 사이에 안착해 반짝
였다. 잠시 내려다보다가 천천히 흙으로 덮었다. 반
지는 제 목숨을 구걸하듯 마지막까지 안간힘을 다해
반짝였다. 반지에 반사되는 빛 때문에 눈살을 찌푸
리다가 눈을 감았다. 꿀꺽, 감정을 삼키고는 다시 삽
을 쥐어 흙을 덮었다. 반지의 반짝임이 뼈들과 함께
흙더미 속으로 사라졌다. 그렇게 한 때는 눈부셨던
열애가 덮였다.

　엉겁결에 뼈를 묻는 일을 도와주고 나니 기분이
한결 가벼워졌다. 몸을 움직여서인지 술도 깼다. 작
업을 마무리한 뒤, 나는 하진과 함께 호숫가를 걸어
올라갔다. 남은 술기운을 빼내듯 길게 한숨을 내쉬
다가, 말없이 걷고 있는 하진을 바라보았다. 빈 포대
자루를 들고 무릎까지 오는 장화를 신은 채 온통 흙
투성이였다. 그 모습이 괴기스러워 보이는 한편 귀

엽기도 했다. 나도 모르게 웃음이 새어 나왔다.

— 왜요?

— 아, 아니에요.

하진이 의아한 눈으로 바라보자, 얼른 표정을 감추었다. 다시 자박자박, 낙엽 밟는 발소리만 이어졌다.

— 근데 왜 하필, 그걸로 해요? 구하기도 힘들 것 같은데…….

하진이 들고 있던 빈 포대 자루를 받아들까 말까 고민하다가, 별안간 궁금해져 물었다.

— 그냥……. 살도 가죽도 사라지지만 뼈는 영원히 남잖아요. 몇십 년, 아니 몇백 몇천 년 지나도 사라지지 않으니깐.

내 물음에 하진이 담담히 말했다. 나는 뒤통수를 한 방 맞은 느낌에 멈춰 섰다. 하진도 멈춰 섰다. 그녀는 커플링이 없어진 내 빈 손가락을 바라보다가 물었다.

— 무슨 일 있었어요?

그녀의 시선을 느끼고 빈 손가락을 숨기려 뒷머리를 긁적였다.

— 아니요.

내 대답이 진실이 아니라는 것을 나와 하진 모

141

두 알기에 정적이 흘렀다. 그 찰나의 정적이 몹시 괴
로웠다. 땀으로 다 빠져나갔다고 생각했던 술기운이
다시 도는 듯했다. 잠시 잊고 있었던 현실이 떠올랐
다. 괴로운 표정을 들키지 않으려 바닥만 보고 걷기
시작했다. 그런 나를 하진은 애잔한 눈으로 바라보
았다. 그녀의 시선을 피하며 들고 있던 삽으로 땅을
끌며 걸어갔다. 내 뒤로 삽으로 그어진 꼬리가 흙바
닥에 길게 이어졌다.

— 저기 어디쯤에서 사고가 났었어요.

하진의 목소리가 정적을 깼다. 그녀는 눈빛으로
호숫가 너머 도로를 가리켰다. 나는 그녀의 시선이
향하는 쪽을 의아한 눈으로 좇았다.

— 어릴 적에 엄마랑 아버지 학교에 가다가, 교통사
고가 났었어요.

의외의 이야기가 흘러나오자 어떤 표정을 지어
야 할지 모른 채 그녀를 바라보았다.

— 엄마는 돌아가시고 나만 겨우 살았는데……. 많
이 다쳐서…….

순간 그녀가 내 손을 잡아 빼어 자신의 척추 쪽
에 가져다 대었다.

— 그래서 여기 철로 된 가짜 뼈를 넣었어요.

142

당황해 손을 빼지도 못하고 거두지도 못한, 어정쩡한 자세로 얼어붙었다. 너무 말라 원피스를 입었는데도 척추 하나하나의 촉감이 손가락에 그대로 느껴졌다. 문득 바스러질 듯 가냘팠던 그녀의 뒷모습과, 화마처럼 새겨져 있던 수술 자국이 떠올랐다.

— 순간순간……. 사실 그때 나는 죽은 게 아닐까 생각해요. 내 뼈가 가짜 뼈인 것처럼, 지금 살아 있는 나는 가짜가 아닐까 하구요. 진짜가 아닌 가짜인 나는, 어느 순간 사라지지 않을까…….

엉거주춤한 자세 그대로 그녀의 이야기를 듣고만 있었다.

— 그리고 사실 그때 죽었어야 할 사람은 엄마가 아닌 내가 아니었을까…… 라는 생각도.

깊고 까만 우물 같은 눈동자에 서글픔이 실렸다. 나는 위로도 공감도 그 어떤 말도 하지 못하고, 그녀를 바라만 보았다. 그때 하진이 꽉 쥐어 잡고 있었던 내 손을 놓아주었다. 스르르, 마법이 풀린 것처럼 손이 허공에 떨어졌다. 손에 몰려 있던 열기가 전신으로 퍼져나가며 온몸이 뜨거워졌다.

— 그런 생각을 할 때마다 아버지가 나한테 말해 줬어요.

143

하진이 나에게 한 발짝 다가왔다. 나는 한 발짝 뒤로 물러섰다. 그러자 다시 그녀가 한 발짝 다가왔다. 나는 다시 한 발짝 물러섰다.

— 괜찮아……. 네 잘못이 아니야.

하진의 말에 내 주위로 굵은 우박이 쏟아지는 듯 강한 진동이 일었다. 문득 내가 버린 종이비행기들이 떠올랐다. 묵혀 두었던 감정이 목구멍으로 치밀어 올라, 입 안에서 위태롭게 요동치기 시작했다. 하진이 나를 향해 손을 뻗었다. 마음속 수위가 아슬아슬하게 찰랑거렸다.

— ……오지 마.

눈을 감으며, 서재에서의 그녀가 그러했듯 애원했다. 내 말에 하진은 멈칫하며 손을 거두고 나를 바라보았다. 조금 전까지만 해도 안아 주고 싶을 만큼 서글퍼 보였던 그녀가 흔들림 없는 눈빛으로 나를 응시하고 있었다. 그 눈동자가 내 표면을 관통하여, 원죄를 따져 묻고 있는 듯했다.

두려웠다. 지금껏 느껴보지 못한 낯선 두려움에 휩싸였다. 저 밑바닥에 박힌 내 뿌리를 뒤흔들어 버릴 것 같은 불안감이 나를 감쌌다. 본능적으로 위험을 감지한 것이다. 이 여자는 위험하다. 뒷걸음치기 시작했다. 나는 겪어 본 적 없는 두려움과 공포를 피해 있는 힘을 다해 뛰었다. 그렇게 하진으로부터 도망쳤다.

하진을 그대로 남겨둔 채, 단숨에 호숫가를 넘어 도로까지 뛰어 올라갔다. 가쁜 숨을 몰아쉬며, 안전지대에 도달했다고 생각했을 즈음에야 뒤를 돌아보았다. 하얀 원피스를 입은 하진은 안개꽃처럼 그 자리에 머물러 있었다.

빠아아아아아아앙-!!

그때 헤드라이트의 불빛이 터지며 시야를 가렸다. 맞은편에서 자동차 한대가 나를 향해 돌진해 오고 있었다.

퍽-!!

⋮

　검은 도로 한 중간에 서 있는 남자를 발견한 순간, 급브레이크를 밟았다.

　하지만 차는 멈추지 않고 그를 향해 돌진했다. 헤드라이트 불빛 너머로 머리를 감싸는 남자의 얼굴이 보였다. 그는 바로 2년 전의 나다.

— 악!!!!

　차창 밖의 내가 지른 것인지, 아니면 현재의 내가 지른 것인지 모를 비명소리가 검은 도로 위에 폭죽처럼 퍼졌다.

퍽—!!!!

　나는 차체에 머리를 박고 그대로 기절했다.

　시간이 얼마나 지났을까. 정신을 잃었다가 경고등 소리에 신음하며 깨어났다. 이마가 뜨거워 만져보니 피가 흘렀다. 떨리는 손으로 피를 훔쳐내고 주위를 확인했다. 진동하듯 뇌가 흔들려 좀처럼 시야가 잡히지 않는다. 시간을 확인한다. 시계 액정이 어둠 속에서 유일하게 빛을 내고 있다.

11시 45분

하진, 6월 2일, 택배, 시디, 돈, 납치, 남자. 몇 가지 단어가 경품 추첨함에서 돌고 있는 공처럼 뒤섞였다. 떼그르르- 추첨함 구멍에서 빨간 공 하나가 빠져 나왔다.

'죽음.'

정신이 번쩍 들어 탈출하듯 차에서 내렸다. 어두운 도로에 차가 S자를 그리며 위태롭게 서 있다. 불판 위의 기름처럼 피가 이마를 타고 흘러내렸다. 피를 손등으로 닦아내며, 앞을 확인하려 애쓴다. 하지만 내가 차로 박았던 그는, 아니 2년 전의 내 모습은 어디에도 보이지 않는다. 당황해 두리번거리다가 헤드라이트 불빛 선상에서 비껴난 채 누워 있는 무언가를 발견했다. 후들거리는 발걸음을 달래며 천천히 다가갔다.

2년 전의 나인가. 잠시만, 아니다. 산 노루 한 마

147

리가 쓰러져 있다. 차와 충돌한 건 사람이 아닌 노루였다. 가여운 노루는 숨만 간신히 붙은 채 죽어 가고 있다. 다리에 힘이 풀려, 숨을 할딱이는 노루 옆에 주저앉듯 쓰러졌다.

⋮

물소리가 들려온다.

귀를 쫑긋거리며 서서히 눈을 떴다. 나무와 하늘이 보인다. 팔꿈치를 딛고 상체를 일으켜 주위를 둘러보았다. 호숫가다. 완전히 일어나려다, 발밑에 무언가가 바삭하고 밟히는 느낌에 멈춰 섰다. 바라보니, 내가 접어 날렸던 종이비행기가 낙엽처럼 수북이 깔려있다. 망설이다 종이비행기들을 밟지 않기 위해 조심하며 일어섰다.

그때 무언가를 발견하고 눈이 휘둥그레졌다. 멀리 호수 안으로 하진이 자박자박 걸어들어 가고 있다. 새하얀 원피스를 입은 뒷모습에 초연함이 실려 있다. 다급한 마음에 한걸음에 달려가 호수에 뛰어들었다. 하진은 허리춤까지 잠긴 채, 호수 한가운데 서 있다. 허겁지겁 물을 헤치며 하진을 쫓아갔다.

'조금만 기다려. 내가 구해 줄게. 조금만.'

다급함을 넘어 숨이 가빠오고 다리에 돌을 단 듯, 걸음걸음이 무겁다. 마지막 안간힘을 내어 그녀에게 다가갔다. 어느새 하진의 가슴께까지 물이 차올랐다.

'조금만 기다려. 조금만.'

하진에게 거의 도착했을 즈음, 간절한 마음으로 손을 뻗었다. 손끝에 그녀가 닿을 듯 말 듯 아리다. 발목에 달린 돌을 걷어차듯 무겁게 한 걸음 더 다가갔다. 하진은 그대로 고꾸라지며 물속으로 잠겨 들었다. 놀라 잠시 굳어 있다가, 망설임 없이 검은 물속으로 잠수했다. 하지만 다가가면 다가갈수록 하진은 점점 더 어두운 물속으로 빨려 들어갔다.

하진을 쫓아, 나도 끝없이 가라앉는다. 시야를 가린다. 더 이상 숨을 쉴 수 없어 정신이 몽롱해졌다. 저 멀리 아주 멀리, 하진이 점이 되어 사라지는 것이 보였다. 하진의 흰 원피스 자락이 물에 풀어지는 휴지처럼 가라앉는 모습을 바라보다가, 휘몰아치는 물 회오리에 정신을 잃었다.

금방 건져낸 물고기처럼 쿨럭거리며, 삼킨 물을 토해 냈다. 토해 낼 만큼 다 토해 내고서야 눈을 뜨니 온몸이 젖은 채 누워 있다. 따뜻한 햇살이 젖은 몸 위로 쏟아진다. 익숙하고 그리운 햇살을 한동안 가만히 느낀다.

손바닥이 간질간질해져 온다. 물에 젖은 벚꽃 잎 한 장이, 손바닥에 놓여 있다. 그제야 벌떡 일어나 주위를 둘러보았다. 내가 앉아 있는 곳은 하진의 집 마당 평상 위다. 심장이 요동치듯 쿵쾅거린다. 하진이 맞은편 평상에 등을 돌린 채 앉아 있다. 물에 젖은 그녀의 머리카락에서, 똑똑 물방울이 떨어져 평상 위에 고이고 있다. 하진이다. 하진이 내 눈앞에 있다. 떨리는 목소리로 그녀를 불렀다.

— 하… 진아…….

뒤돌아 앉은 그녀가 살짝 고개를 돌린다. 웃는 듯 우는 듯 묘한 표정이다. 눈물을 삼키며, 손을 뻗었다. 내 손이 하진의 어깨에 닿는 순간, 그녀의 원피스가 아이스크림처럼 스르륵 녹아내리며 벗겨진다. 그리고 새하얀 맨등이 드러난다. 나는 눈동자를 깜박이는 것도 잊은 채 두부 같이 하얀 그 등을 바라만 보았다. 문신처럼 새겨진 검붉은 수술 자국을 기준으로, 허물을 벗듯 살결이 벗겨지기 시작한다.

— 하진아……!!

다급한 목소리로 불러보지만, 새빨간 살 사이로 은색 철심이 박힌 하진의 척추뼈가 드러난다. 마치 나에게 말을 거는 듯 척추뼈 마디마디가 입술처럼 우물거렸다.

고요한 봄날의 마당. 벚꽃 잎이 눈처럼 바람에 흩

날리고, 햇살이 평상 위에 또록또록 굴러 떨어지는
오후. 선홍빛의 핏덩이를 그대로 드러낸 하진의 기
괴한 뒷모습이, 잘못 맞춘 퍼즐 조각처럼 그곳에 놓
여 있다.

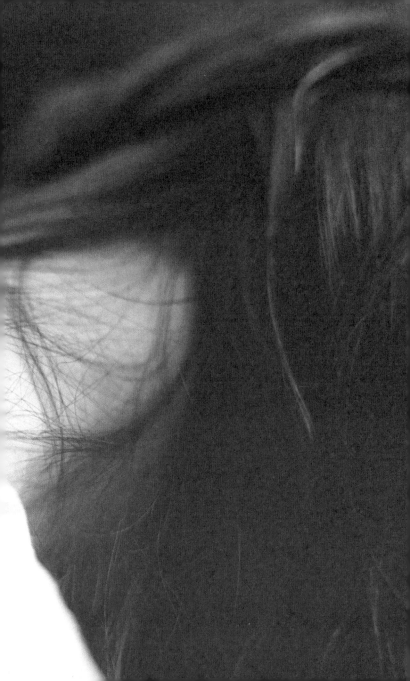

6월 1일 ~~03시 53분~~

~~6월 1일~~ ~~05시 28분~~

~~6월 1일~~ ~~07시 19분~~

~~6월 1일~~ ~~10시 37분~~

6월 2일 01시 41분

6월 2일 02시 56분

0월 0일 00시 00분

6월 2일 04시 00분

쏟아지는 빛에 눈이 아려 깨어났다.

하얀 천장이 보이고, 어딘가에 누운 채 옮겨지고 있다. 어디인지 확인하려 이리저리 눈동자를 굴렸다. 희미하게 사람의 형체가 드러난다. 흔들리던 시야가 고정되자 노란 안전 조끼를 입은 구급요원이 보였다. 헉- 나는 막힌 숨을 토해 내며 일어났다. 주위를 둘러보니, 구급차 안이다.

— 정신이 드세요? 걱정하지 마세요. 바로 응급실로 출발할 겁니다.

응급조치를 하던 구급요원이 이런 일쯤은 익숙하다는 듯 담담히 말했다. 그를 멍한 눈으로 응시하다가 정신이 들었다. 다급하게 손목시계를 내려다본다. 어느새 2시를 향해 가고 있다.

— 안… 안 돼……!

나는 버둥거리며 일어나려 애썼다.

— 진정하세요!

몸에 붙은 링거 호스며 심전도기 따위를 거칠게 떼어냈다. 그러자 구급대원이 두 손으로 가슴을 압박하며 제지했다. 그럴수록 더욱 거칠게 발버둥 치며 자리를 박찼다. 그리고 당황하는 요원들을 뒤로하고, 문을 열고 뛰쳐나왔다.

밖으로 나오자, 적막했던 도로가 이제 막 출동한 구급차와 견인차들로 분주하다. 내 차에 부딪혔던 노루도 구조대에 의해 옮겨지고 있다. 노루의 축 처진 사지를 바라보자 호흡이 가빠왔다. 그때 앞부분이 찌그러진 차가 견인차에 고정되기 시작했다.

— 안… 안 돼!!

가쁜 숨을 삼키며 다급하게 뛰어갔다. 막무가내로 달려들어 견인차를 등지고 차체를 두드렸다. 먼저 돈 가방이 있는지 차 안을 들여다보았다. 다행히 가방은 그대로 있다.

— 놔!!! 이것 놔!!!!!!!!!!!

견인차에 연결된 고리를 빼내려 악을 썼다. 그런 나를 견인차의 운전수가 의아한 시선으로 좇았다. 구급대원과 노루를 싣고 가는 구조원들 모두, 동작을 멈추고 당황했다. 이대로는 안 되겠다는 생각에, 차에 올라탔다. 그리고 거칠게 시동을 걸었다. 견인차에 반쯤 걸리다 만 차체가 크게 요동쳤다. 다시 한번 있는 힘껏 액셀러레이터를 밟았다. 요란한 굉음과 함께 차체가 다시 분리되기 시작했다. 구조대원들이 황급히 뛰어와 나를 말렸다. 그들을 무시한 채, 더 강하게 액셀러레이터를 밟았다. 다시 시간을 확인한다.

2시 15분

어금니를 짓이기며 핸들을 부여잡는다. 어금니부터 시작해 관자놀이를 타고 다친 이마까지 찢어지는 통증이 인다. 눈꺼풀을 두어 번 껌벅여 물기를 만든 뒤, 다시 액셀러레이터를 강하게 밟는다. 곧 완전히 분리된 차가 견인차를 빗겨 지나간다. 그리고 황망하게 서 있는 구조대원들을 스치며, 도로를 빠져나가기 시작한다. 그 찰나, 나는 옮겨지다 만 노루의 검은 눈동자와 눈이 마주친다.

⋮

조잡하기 그지없는 노루 박제가 고기 집 벽에 걸려 있다.

나는 박제된 노루의 검은 눈동자를 바라보며 싸구려 돼지갈비를 뒤집고 있었다.

— 야, 너 애들이 얼마나 빨리 크는 줄 아냐? 우리 쌍둥이들 벌써 티비에 남자 가수 나오면 꺅꺅 거린다. 기저귀도 안 뗀 것들이? 내가 웃겨 가지고.

진도는 소주 반병에 취해 목소리가 커졌다.

— 먹는 건, 지네 엄마 닮아서 또 얼마나 먹는지. 게다가 따블이잖냐. 쌀 한 포대기가 보름을 못 가, 보름을.

그의 애교 섞인 주정을 들으며, 먹고 남은 뼛조각들을 불판 가 쪽으로 밀어냈다.

— 우리 마누라 손가락 부러지게 피아노 레슨해서 버는 거 죄다 생활비로 꼴아박고……. 나 한 달에 강의료 오십도 안 되는 거, 그래도 가장이 번 거라고. 그거는 쓰지도 않고 애들 이름으로 적금 붓는다.

이야기가 길어질수록 진도의 한숨이 짙어졌다.

— 내가 진짜 미쳤지. 그때 오라고 할 때 회사에 갔

어야 했는데, 무슨 영광을 보겠다고…… . 학교에 남
아선. 지금은 어정쩡해서 어디 가려고 해도 가지도
못하고. 진짜 앞날을 생각하면 한숨밖에 안 나온다.

진도는 한참 신세한탄을 쏟아내다가 갑자기 내
코앞에 얼굴을 들이밀었다.

— 야, 너 그거 아냐? 효도만 때가 있는 거 아니다?
자식 사랑도 때가 있는 거야. 애들 클 때 제대로 못
해주면 나중에 효도는커녕, 부모 취급도 안 해준다.

진도는 동의를 구하듯 거북이처럼 목을 쭉 빼고
말했다.

— 그래, 그래.

대충 맞장구를 쳐 주자, 진도는 그제야 만족한 듯
다시 소주를 들이켰다.

— 내가 진짜 너라도 잘 되는 걸 봐야지 한이 없지.
너 빡빡이 밑에서 썩어 나가는 것만 생각하면 눈물
이 앞을 가린다.

진도는 콧등을 찡긋거리며 억지 눈물을 짜내는
시늉을 했다. 나는 피식 웃으며 고기 뼈만 뒤적거렸다.

— 준원아, 내 이름이 진도 아니냐.

진도가 내 손 위에 강아지처럼 손을 포개어 올렸다.

— 용맹한 진돗개. 왈왈. 하지만 현실은 꼴랑 얼마라

166

고 그래도 밥 주는 사람 앞에서 꼬리 살랑살랑 흔들
어야 하는 똥개라는 거……. 씨발. 나도 이런 내가 싫
다. 싫어.

　　순간 진도가 테이블에 머리를 박고 고꾸라졌다.
나는 얼른 고기쌈을 싸 입에 넣어주었다. 그제야 진
도는 고기쌈을 와구와구 씹어 먹으며 씽긋 웃었다.
그런 그를 따라 웃다, 문득 불판 위에서 달그락거리
고 있는 뼈들이 눈에 들어왔다. 문득 마당에서 뼈를
분리하고 있던 하진의 뒷모습이 떠올랐다. 아니, 사
실 하루 종일 머릿속엔 그녀 생각뿐이었다. 이제야
찾아갈 변명거리가 떠오른 것이다.

── 아줌마. 여기 봉지 하나만 줘요.

　　나는 발린 뼈들을 까만 봉지에 담았다.

── 너 개 키우냐?

── 미안, 나 먼저 간다.

　　진도를 뒤로 하고, 봉지를 챙겨 들고 일어났다.

⋮

뼈가 담긴 봉지를 손목에 건 채, 언덕을 단숨에 뛰어 올라갔다. 하진의 집 앞에 도착하자 가쁜 숨을 골랐다. 벨에 손가락을 올렸다가 긴장감에 입술을 두어 번 적셨다. 깊게 한숨을 내쉰 후 벨을 눌렀다.

잠시 후, 어두웠던 집 안이 밝아지며 하진의 실루엣이 비쳤다. 목이 바짝바짝 타올라 마른침을 몇 번이고 삼켰다. 손에 땀이 차 뼈가 든 봉지를 반대편 손으로 바꿔 든 뒤, 고인 땀을 바지에 닦았다. 곧 잠옷 차림에 니트 카디건만 걸친 하진이 문을 열고 나왔다.

— ……어.

하진은 나를 의아한 눈으로 바라보았다. 그 눈빛에 또 무장해제 되는 느낌이 들었다. 나는 잠시 할 말을 잃은 채 서 있었다. 스산한지 하진이 카디건을 쓸어 올렸다. 그러고는 어서 용건을 밝히길 기다리는 눈빛으로 올려다보았다. 정신이 들어 해야 할 말을 머릿속으로 떠올렸다. 하지만 자꾸만 목구멍에서 단어들이 뒤섞이기만 할 뿐이었다.

— 저… 뼈 좀 싸왔는데…….

168

안되겠다 싶어 다짜고짜 하진에게 식당에서 담아온 뼈 봉지를 건넸다. 하진은 얼떨떨한 표정으로 봉지를 받아 열어 보았다. 순간 봉지 안에 담긴 돼지갈비 뼛조각들이 낯부끄러워져 어딘가로 숨고 싶어졌다.

― 고마워요.

하진은 터져 나오는 웃음을 애써 참는 듯, 아랫입술을 깨물며 말했다.

― 아, 저…….

나는 뇌에 버퍼링이 걸린 듯 버벅거렸다. 그런 나를 하진은 특유의 장난기 가득한 미소를 지으며 올려다보았다. 얼굴이 스위치를 켠 것처럼 벌겋게 달아올랐다.

― 저… 나 밥 좀 줄래요?

에라 모르겠다 싶은 심정으로 눈을 질끈 감고 물었다. 그러고는 두근거리는 심장을 달래며 하진의 표정을 살폈다. 그녀는 눈동자를 굴리며 다시 한 번 봉지 안을 바라보고 있었다. 나는 하진에게서 봉지를 빼앗아, 냅다 뒷걸음 쳐 도망가고 싶은 생각이 간절해졌다.

― 이걸로 끓일까요?

169

— 네?

눈이 둥그래진 나를 보며 하진은 아이처럼 웃어 댔다. 환하게 웃는 그녀의 얼굴을 보자 비로소 긴장이 풀려, 바보처럼 따라 웃었다. 하진은 펜스 문을 열고 나에게 들어오라는 듯 모로 비켜섰다. 주춤거리다가 한 박자 늦게 하진의 뒤를 따라 집 안으로 들어갔다. 문이 닫히며 펜스에 달린 작은 종이 기분 좋게 딸랑이는 소리가 뒤를 따랐다.

다음 날 아침, 우리는 함께 남색 펜스 문을 열고 나왔다. 전날 밤 비록 라면이기는 했지만, 밤참도 얻어먹었다. 그리고 서 교수님의 서재를 빌려 간만에 꿈도 꾸지 않고 푹 잠이 들었다. 그러고 보니 이상하게도 하진의 집에 가면, 잠이 잘 왔다. 찢어지게 하품하다 하진과 눈이 마주치자, 놀라 혀를 깨물 뻔 했다. 하진은 그런 나를 보며 귀여운 덧니를 드러내고 웃었다.

— 바래다줄까요?

까치집이 된 머리를 손바닥으로 누르고 있는 나에게, 하진은 자전거를 밀며 말했다.

— 아…… 아니요. 괜찮아요.

170

얼른 손사래를 치며 어색하게 웃었다.

— 그럼, 나 바래다줄래요? 시장 갈 건데.

하진이 자전거 손잡이를 나에게 건넸다.

— 네? 아……. 저, 자전거 못 타는데.

— 정말요?

내가 당황하자, 하진은 재밌는 걸 발견한 어린아이처럼 눈망울이 반짝였다.

어쩔 수 없이 자전거 뒷좌석에 엉거주춤히 올라탔다.

— 자— 갑니다—!

나를 태운 하진의 자전거가 언덕을 내려가기 시작했다. 하지만 내 덩치 탓인지, 중심을 잡지 못하고 비틀거렸다.

— 어… 어… 어…….

내가 얼떨결에 옷자락을 부여잡는 바람에, 하진이 중심을 잃고 허둥거렸다. 곧 자전거가 지그재그 선을 그리다가, 오솔길을 벗어나 완전히 숲으로 튕겨나갔다.

돼지갈비가 담긴 봉지를 건넨 그날 밤 이후로, 한 달의 시간이 흘렀다.

우리는 함께 자전거를 타고 또다시 비틀비틀 언덕길을 올랐다. 그 사이 계절은 바뀌어 하진과 내 옷차림도 한결 가벼워졌고, 언덕의 수풀도 더 푸르러졌다. 무엇보다 달라진 것이 하나 있었다. 내가 자전거를 운전하고, 하진이 뒤에 타게 된 것이다.

— 힘내!

마지막 경사에서 내가 힘에 부쳐 낑낑거리자, 하진은 등짝을 시원하게 후려쳤다. 나는 그 힘을 받아 힘차게 페달을 눌러 밟았다. 싱그러운 봄 햇살이 페달에 엉키다 자전거 바퀴에 맞물려 밀려났다.

잠시 후, 자전거가 무사히 언덕길을 타고 올라, 하진의 집 앞에 도착했다.

— 고마워–

하진은 사뿐히 자전거에서 내려 해맑게 웃었다. 나는 능숙하게 자전거를 마당 한편에 세워두고, 뼈가 담긴 봉지 대신 장바구니를 팔목에 걸었다. 하진과 나는 자연스레 남색 펜스 문을 열고 함께 집 안으로 들어갔다. 그렇게 늘어난 내 자전거 실력만큼이나, 우리의 관계도 깊어져 갔다.

⋮

— 가끔은 기다리는 것도 좋지 않아? 그만큼 반갑
잖아.

하진은 핸드폰이 없었다. 전자 제품을 몸에 붙이
고 다니면 하루하루 몸속의 세포가 죽는 기분이 든
다고 했다. 언제 어디 있어도 누군가의 감시를 받는
것 같다고도 했다. 특히 사람 사이에 '기다림'이 없
어지는 것 같아 슬프다 했다. 손 편지를 주고받고,
연락이 닿을 때까지 애태우고, 우연한 만남을 기대
하고……. 그 모든 낭만의 불씨조차 없애는 것 같아
그녀는 핸드폰을 가지고 다니지 않았다.

나는 당연히 불만이었다. 간밤에 목소리가 듣고
싶어 전화를 할 수도, 만나기로 약속한 시간을 급하
게 미뤄야 할 때도, 어디에서 무엇을 하는지 문득 궁
금할 때도……. 연락을 할 수 없어 답답했다. 몇 번이
나 핸드폰을 사 주겠다 말했지만 퇴짜만 맞았다.

— 괜찮아. 보고 싶으면 집으로 와. 만날 사람은 다
만나게 돼 있어.

타들어가는 내 속도 모르고 하진은 늘 그렇듯 농
담 같이 말했다. 시간이 지나자 나도 점차 핸드폰이

없는 상황에 적응이 되었다. 하루 일과를 마치면 곧장 그녀에게 찾아갔고, 약속 시간이 되어도 오지 않으면 기다리는 일에 익숙해져 갔다.

밤늦게 이야기를 나누고 싶으면 편지를 썼다. 그녀가 재료를 구하러 지방으로 떠나기 전, 나에게 편지를 남긴 일이 계기였다. 짧게나마 답장을 쓰기 시작한 것이 어느새, 일주일에 두세 통 이상 주고받게 되었다. 처음에는 오랫동안 손글씨를 쓰지 않은 탓에 연필을 잡는 것 자체가 어색했다. 손가락에 힘이 너무 들어가 한 장도 채 쓰지 못하고 손목을 털었다.

하지만 점차 손으로 쓰는 행위에 맛을 들였다. 잠이 오지 않는 밤에는 스탠드 빛에 의지해 편지를 써 내려갔다. 처음에는 무슨 말을 써야 할지 몰라, 그저 신변잡기적인 농담만 늘어놓았다. 그러다가 점차 나도 모르게 어린 시절 비밀 일기를 쓰듯, 속 얘기를 하나 둘 털어놓기 시작했다. 내가 이런 생각을 하고 살았던가. 이런 감정을 느꼈었나. 나조차도 내가 쓰고 있는 문장들이 낯설었다. 하지만 직접 얼굴을 대면하고는 도통 할 수 없는 이야기도 편지로는 가능했다.

편지를 쓰면 쓸수록 마음속에 맺혀 있던 응어리

가 풀어지는 느낌이 들었다. 마치 심리치료를 받는 기분이었다. 어느새 나는 그녀에게 이야기를 하는 것이 아니라, 스스로에게 들려주고 싶은 말을 쓰고 있었다. 하진의 손을 잡고 저 깊은 무의식의 공간을 헤집고 다니는 기분이었다. 편지 쓰는 시간 자체가 나에게는 위안이 되었다.

그러다가 좀 더 자연스러운 문장을 쓰고 싶어, 책장에 꽂혀 먼지만 쌓여가던 책들을 꺼내 뒤적이기도 했다. 그렇게 아날로그식의 대화가 주는 온도감에 매료되었다.

기다리는 것도 나쁘지 않았다. 보고 싶으면 무작정 집으로 찾아갔다. 갑작스런 방문에 놀라는 하진의 얼굴을 마주하는 것도 큰 즐거움이었다. 그녀가 집에 없으면 걱정 반 설렘 반으로 평상에 누워 기다렸다. 기다리는 동안 하진과 무엇을 할까, 무슨 이야기를 나눌까, 뭘 먹을까 고민하는 것도 좋았다.

나는 그렇게 하진의 시간에 동화되어 갔다. 기다림의 시간이 길수록 함께 하는 시간이 더욱 값지게 느껴졌다. 늘 손바닥만 한 액정만 바라보고 살던 나도 곧잘 핸드폰을 두고 다니기 시작했다. 주위 사람들은 답답해했지만, 그럴수록 그녀와 보내는 시간은

175

더 소중해졌다. '기다림'은 모두가 재촉해대는 세상에, 우리가 기꺼이 선택한 '즐거운 불편'이었다.

— 너는 나랑 닮았어.

하진은 늘 내 눈을 보며 말하고는 했다. 그랬다. 우리는 닮았다. 나약한 점이 꼭 닮았다. 그래서 그녀와 있을 때면 내 자신이 얼마나 나약한 존재인지를 새삼 깨닫고는 했다. 서로가 약하다는 전제 아래 시작된 동질감은 우리를 어둠으로 묶었다.

하진은 나의 어둠이었다. 무난하게 일상을 살아가기 위해 억눌러 놓았던 악하고 추한 부분을 마음 놓고 드러낼 수 있는 어둠. 그래서 나를 살아가게 하고, 내가 지키고 싶었던 어둠. 내 어둠에 뿌리를 둔 하진을, 나는 사랑하기 시작했다. 그렇게 하진과 벅찬 나날을 함께 했다.

그녀와 나는 본능에 충실한 시간을 보냈다. 하고 싶은 일은 하고, 하기 싫은 일은 하지 않았다. 목적도 없고 별 의미도 없는 시간을 나누는 것만으로도 우리는 충분히 즐거웠다.

하루 일과를 마치면 곧장 그녀의 작업실로 향했다. 그녀가 정과 망치를 들고 진지하게 작업하는 모

습을 보면 마음이 편안해졌다. 간혹 옆에서 신기한
듯 지켜보다 망치를 들고 따라 해보기도 했다. 하지
만 아까운 뼈만 망가뜨렸다고 혼나기 일쑤였다. 그
런 꾸지람도 다디달았다.

주말이면 뒹굴거리는 것이 일이었다. 귤을 까먹
으며 만화책을 보고 뭐가 그렇게 웃긴지 낄낄거리다
가, 마음이 마주치면 사랑을 했다. 함께 요리를 하고
목욕을 하고 낮잠에 들고 산책을 하고 자전거를 타
는, 소소한 일상이 이어졌다. 이 세상에 하진과 나밖
에 존재하지 않는 느낌이었다. 가끔 가정부 아주머
니가 빨랫감을 챙기다 그런 우리를 발견하고는 씽긋
웃으며 자리를 피해줬다. 그제야 우리는 세상에 둘
뿐이 아니라는 것을 깨닫고 머쓱하게 웃고는 했다.

그녀의 짙은 눈썹이 좋았다. 모든 감정이 눈썹으
로 드러나는 느낌이었다. 그녀의 갈색 눈동자가 좋
았다. 그 눈을 보면 절로 몸에 힘이 빠졌다. 그녀의
뒷모습이 좋았다. 서 교수님을 닮은 움츠린 듯 굽은
등이 좋았다. 그 굽은 등을 보면 안아주고 싶은 충동
에 휩싸였다.

그녀의 손이 좋았다. 빨간 살이 드러나도록 짧게

177

깎은 손톱도 좋았다. 그녀의 손은 꼭 말을 하고 있는 듯했다. 나풀나풀 춤을 추는 듯 하얗고 가는 손은 언제나 나에게 말을 걸고 있었다. 그 손길이 닿을 때면, 밤새 잠들지 못할 정도로 온몸이 저릿해져 왔다.

그녀의 어투가 좋았다. 대화를 할 때면 아, 네. 음. 이라고 문장을 끊어 가며 강조하는 것이 귀여웠다. 그녀의 곱슬머리가 좋았다. 아침이면 사정없이 붕 떠서 금방 목욕한 강아지 같았다. 그녀의 목소리가 좋았다. 가늘면서도 낮은 그 소리가 좋았다. 그녀가 부드럽게 내 이름을 부르면 존중 받는 느낌에 마음이 편안해졌다.

그녀의 표정이 좋았다. 웃을 때 아랫입술이 윗입술을 덮는 것도, 우울할 때 미간이 파도를 그리는 것도 좋았다. 멋쩍을 때 목을 앞으로 가볍게 뺐다 넣는 특유의 몸짓도 좋았다. 그녀의 냄새가 좋았다. 마당에 놓인 모과나무와 같은 냄새가 났다. 그녀의 체취를 맡고 있으면 가슴 속에 바람이 일었다. 나는 곧 그녀의 모든 것이 좋아졌다.

⋮

사람의 마음은 참 간사하다.

사람으로 인해 더없는 나락으로 떨어졌는데, 사람으로 인해 나는 치유 받고 있었다. 아니, 간사한 것은 사람인가 사랑인가. 그것도 아니면 단지 나라는 인간이 간사하기 때문인가.

아무래도 괜찮다. 그녀와 함께 하는 시간 동안 위로받고 있다는 느낌만으로도 충분했다. 점차 하진은 나에게 구원과도 같은 존재가 되어 갔고, 내가 살아가야 할 원동력이 되었다.

반면 그녀는 내게 너무나 자극적인 존재이기도 했다. 함께 있을 때에는, 내 거죽을 벗겨 생살을 공기 중에 내어놓는 기분이었다. 세상의 모든 감정이 걸러지지 않고 전달되었다. 간혹 치부가 낱낱이 까발려진 느낌에, 지진이 난 듯 전신이 뒤흔들렸다.

그 강렬한 감정에서 도망치고 싶어질 때도 있었다. 자극이 사라지고 나면, 이 화기가 가라앉고 나면, 부서지고 무너져 있을 처참한 내 모습이 눈앞에 그려지고는 했다. 마치 시한부 인생을 살아가는 기분이었다. 그녀와 있을 때에만 비로소 살아 있다는 것을 느낄 수 있는, 시한부 인생. 반대로 함께 있으면 모든 것을 내려놓고 싶은 감정에 휩싸였다. 차라리 모든 것을 내려놓으면 이 거대한 불안에서 벗어날 수 있을까.

이성 간에 느끼는 극상의 감정이 사랑이라면, 우리는 사랑에 빠졌음이 분명했다. 보통의 사랑이란 것이 달고 부드러워서 사람의 긍정적인 부분을 끌어내면다면, 그녀와 나 사이에 공유된 감정은 서로의 약하고 어두운 부분에 맞닿아 있었다.

그녀와 함께 있으면 죽고 싶었다. 내 안의 무언가가 그녀와 맞부딪히면 그 감정이 너무 커져, 아무것도 눈에 들어오지 않았다. 어떤 것에도 의미를 부여하고 싶지 않았다. 그래서 때때로 죽고 싶어졌다. 그녀와 함께 때때로 죽고 싶어졌다.

나는 더없이 이중적이었다. 사랑스럽고 연약하기만 한 그녀를 보호해 주고 싶다는 마음과 함께, 바닥까지 끄집어내려 완벽한 어둠 속에 영원히 갇혀 버리고 싶다는 생각이 공존했다. 내가 그토록 비열한 인간이라는 걸 새삼 깨달았다.

하지만 그녀를 만난 후, 애써 피하기만 했던 어둠

에 직면했을 때 나는 비로소 안도했다. 그래서 나를
안도하게 만든 그녀가 떠나, 다시 끝없는 불안의 세
계로 떨어질까 두려웠다. 나는 딱 그 두려움의 크기
만큼 그녀를 사랑했다.

⋮

하진과 난 자주 호숫가 근처 언덕에 햇볕을 받으며 누워 있고는 했다. 우리 둘 옆에는 늘 그렇듯 자전거가 세워져 있었고, 하늘은 페인트로 칠한 듯 푸르렀고 바람은 낮잠을 해치지 않을 만큼 불었다. 나는 이 완벽하게 세팅된 행복이 새어 나갈까 입을 꾹다물고 하늘만 바라보았다.

문득 그녀와 함께 하는 이 순간이 순도 100프로의 행복이라는 생각이 들었다. 그러자 다시 두려워졌다. 100프로의 행복을 느껴 봤으니, 살아가며 99프로의 행복에 달해도 부족한 1프로 때문에 불행할 내 모습이 그려졌다. 그래서 비현실적인 이 행복이 사라질까 더욱 두렵고 무서웠다.

— 무슨 생각해?

내 팔을 베고 누운 하진이 물었다.

— 그냥. 지금이 비현실적이라는 생각.

— 왜?

— 비현실적이어서 금방 사라질 것 같아.

나는 말하는 사이에도 조마조마했다. 내 말에 하진은 하늘을 보고 반듯이 누워 생각에 잠겼다. 눈동

자에 구름의 실루엣이 비쳤다. 새벽녘 호수에 물안
개가 낀 것 같았다.

— 나는 사라질 거면 소리 소문 없이 사라질 거야.

하진의 말에 상체를 일으켜 그녀를 내려다봤다.

— 뭐?

— 엄마처럼 아빠처럼 소리 소문 없이 사라질 거야.
어차피 떠날 거면 마지막 인사 같은 거 안 해. 잘 있
으라느니, 다시 만나자느니. 행복하라느니. 그런 말
이 더 잔인해.

나는 아무런 대꾸도 하지 못하고 돌아누웠다. 벅
차올랐던 마음이 툭 떨어졌다. 어색한 정적이 흘렀다.
그때 하진이 나를 돌려 품 안으로 파고들었다. 모과
냄새가 났다.

— 언젠가 자전거 타고 꼭 멀리 여행 가자.

하진은 정적을 깨고 졸린 목소리로 말했다. 한동
안 대꾸하지 않다가, 그녀가 재촉하듯 품에 얼굴을
비비자 못 이기는 척 대답했다.

— ……그래.

그러고는 하진의 머리를 쓰다듬어 주었다. 손가
락 사이로 솜사탕 같은 곱슬머리가 녹아 내렸다.

— 노래 불러 줘.

183

하진의 입김이 닿은 만큼 가슴팍이 따뜻해졌다. 또 답이 없자 그녀가 고개를 들어 호수 같은 눈으로 나를 바라보았다. 어느새 물안개는 걷혀 있었다. 마지못해 나지막하게 노래를 부르기 시작했다. 노랫소리를 자장가 삼아 하진이 서서히 잠들었다. 잠든 그녀를 꼭 껴안았다. 금방이라도 사라질 듯한 행복의 찰나를, 놓치지 않기 위해. 나는 안간힘을 써서 그녀를 끌어안았다.

⋮

하루하루 시한부 같은 행복을 연명해 나가던 나날이었다.

— 요즘 살 만한가 부네.

나는 알 수 없는 멜로디를 흥얼거리며 비커에 시약을 따르고 있었다. 진도가 그런 나를 흘깃거리다 말했다. 부정하지 않고, 붉은색 시약을 와인 따르듯 쪼르르 따라냈다.

— 근데, 하진 씨는 언제 돌아간다냐?

순간 따르고 있던 시약이 새어 나와 책상 위에 흘러내렸다.

— 뭐?

당황해 얼른 수건으로 흘러나온 시약을 닦으며 되물었다.

— 중간에 들어온 거라며. 네덜란드로 다시 나가는 거 아냐?

진도는 허둥거리는 나를 보며 무심히 말했다. 나는 아무 대답도 하지 못한 채, 붉은 시약이 수건에 핏물처럼 번져 오른 모습을 내려다보았다. 그리고 나의 검은 행복이 손가락 사이로 빠져나가는 것을 느꼈다.

185

다음 날, 하진과 함께 마당에서 운동화를 빨았다. 나는 말없이 비누칠만 해댔고 하진은 운동화 빠는 건 뒷전이고, 물장난만 설렁설렁 치고 있었다.

— 학교에서 무슨 일 있었어?

내가 화풀이 하듯 운동화를 벅벅 문지르자 하진이 물었다. 대꾸 없이 운동화만 문질러 댔다. 내가 반응이 없자 하진은 제풀에 지쳐 다시 물장난을 치기 시작했다.

— 돌아갈 거야?

운동화의 겉껍질이 벗겨질 정도로 때를 벗기다가, 그래도 마음이 풀리지 않아 물었다.

— 응?

하진은 발가락으로 얼마나 멀리 물을 튀길 수 있나 장난을 치다가, 무슨 소리냐는 듯 바라보았다.

— 네덜란드.

하진이 물장구치는 것을 멈추었다. 그 짧은 정적이 슬로비디오처럼 길게 느껴졌다.

— 가야지.

그녀는 아무렇지 않게 대답했다. 그리고 다시 발가락으로 물을 튕겨냈다. 귓가에 와장창 무너지는 소리가 들렸다. 나는 막아볼 여력도 없이, 들이킨 숨을 차마 뱉어내지도 못한 채, 얼어버렸다. 내 감정을 느꼈는지, 하진이 차분한 얼굴로 나를 바라보았다.

— 거기 있어야 내가 살 수 있으니깐.

담담한 어투였다. 심장을 조이는 듯한 통증이 느껴졌다. 괜히 운동화를 으깨듯 비비다가 참다못해, 물이 담긴 바구니에 그대로 내던졌다. 비누 거품이 여기저기 튀었다. 하진과 나 사이에, 비누 거품 두께만 한 거리가 생겨났다.

— 근데 왜 안 해 줘?

비누 거품이 터지듯, 하진이 적막을 터뜨리며 말했다.

— 뭐?

— 왜 나한테 고백 안 해 줘? 그러고 보니깐 한 번도 제대로 해 준 적 없어.

하진은 아이 같은 눈으로 바라보았다. 눈싸움 하듯 그런 하진의 눈동자를 응시했다. 내 속에서 누군가가 하얀 종이를 찢어내기 시작했다. 그 종이 위에 스스로 생각해도 낯간지러운 고백의 말들을 잔뜩 적은 뒤, 비행기를 접었다.

반듯하게 잘 접은 비행기를 하진에게 날리기 직전, 멈춰 섰다. 숱한 종이비행기들이 채 멀리 날아가지도 못하고 뚝뚝 떨어져 있던 모습이 떠올랐기 때문이다. 두려워졌다. 고백의 말들을 입 밖에 내뱉는 순간, 내가 날린 종이비행기들처럼 낭떠러지로 굴러 떨어질 내가 그려졌다. 나는 접어 둔 종이비행기를 잡아채어 찢어버렸다. 그 후 운동화를 물에서 꺼낸 뒤, 마당 한쪽 장독대에 비스듬히 세워 두었다.

— 나 안 사랑하나?

하진은 대답을 기다리다 지쳐 투정부리듯 말했다. 다시 입 밖으로 수백 수천 가지의 고백의 말들이, 봇물 터지듯 쏟아져 나오려 했다. 하지만 시간 맞춰 예약을 해 놓은 것처럼 두려움과 절망이 두터운 둑이 되어 단단히 막고 있었다. 나는 이목구비가 무너질 것 같은 못난 표정을 정리했다. 그리고 뒤돌아 하진을 바라보았다.

— 더 이상 소중한 걸 만들고 싶지 않아.

최대한 아무렇지 않은 얼굴로 말했다. 하진은 무슨 뜻인가, 헤아리려는 듯 나를 바라보았다. 하진의 시선을 애써 모른 척 잘라내고는, 운동화 빨던 물을 마당에 버렸다. 흙바닥에 검은 물이 그림자처럼 길게 흩뿌려졌다. 그 모습을 보며 마음을 다잡았다. 그녀에게 고백하고 시한부 생을 마감하느니, 앓고 있는 병을 부정하기로.

— 사랑, 그런 거 없는 거 같아.

　나는 농담처럼 말했다. 내내 나른해 보이던 하진의 눈빛이 흔들렸다.

— 그럼……. 지금 우리가 하는 건 뭐야?

　하진의 목소리에 힘이 실렸다.

— ……글쎄.

　심장을 죄는 듯한 그녀의 눈빛을 피하며 말꼬리를 흐렸다.

— 왜?

　하진은 내 앞으로 다가와 독촉하듯 쏘아붙였다.

— 뭐가.

— 왜 없다고 생각해?

　마음을 꿰뚫는 목소리에 발밑이 흔들렸다.

— 어차피 없어지니깐.

　나는 괜히 마당을 발로 쓸며, 씁쓸히 대답했다. 하진의 곱슬머리가 바람에 일렁이며 내 볼에 닿았다. 싱그러운 모과향이 날렸다. 가슴이 쓰려왔다.

— 됐다. 들어가자. 덥다.

　애써 웃어 보이고는 도망치듯 뒤돌아섰다. 하진이 그런 나를 낚아채 돌려 세웠다.

189

— 넌 뭘 기대하는 거니. 설마 영원하다느니, 변치 않는다느니 그런 거 꿈꾸는 거야?

— 뭐?

— 영원하다는 걸 믿는 것 자체가 뻔뻔하다고 생각 안 해? 네 살도 네 머리카락도 네 가죽도 늙으면 변하고 죽으면 없어지는데……. 너조차도 영원하지 않은 주제에 형체도 없는 마음 따위가 변하지 않기를 바란다는 건 뻔뻔한 거 아닌가.

그녀의 말에 울컥해 항변하고 싶었지만, 무슨 말을 해야 할지 몰라 꿀꺽 삼켰다.

— 영원한 거라면 모르겠어. 내가 신이 아닌 이상, 나도 영원하지 않으니깐. 하지만 내가 죽는다고 해서, 내가 이 세상에 없었던 건 아니잖아. 분명 한순간이라도 나는 존재했었어. 그지?

나를 책망하듯 바라보는 하진의 눈빛에, 치부를 들킨 듯 얼굴이 달아올랐다.

— 그래서 하고 싶은 말이 뭔데?!

그딴 대꾸밖에 할 수 없는 내 자신이 싫었다. 다시 잠깐의 정적이 흘렀다.

— 영원이 아니라 존재의 유무라면 나는, 사랑도 존재한다고 믿어.

하진의 말에 내 심장을 조이던 십자드라이버가 방향을 틀어 반대로 뒤틀렸다. 잠겼던 감정들이 우르르 쏟아져 나오려 했다. 높게 쳐둔 방어막을 치켜들고 막아보려 안간힘을 썼지만, 갈비뼈 사이로 흘러내리는 것을 어찌할 수 없었다.

도망치고 싶었다. 위태롭게 나의 뿌리를, 나의 절망을 뒤흔들어대는 그녀에게서 나는 도망치고 싶었다. 모든 것을 놓아버리고 이 불신과 두려움에서 벗어나고 싶었다.

— 그럼, 그때 왜 왔어? 오지 말라고 했을 때 오지 말았어야지.

하진이 목멘 소리로 덧붙였다. 그녀의 뒤를 감싸 안아주었던 서재에서의 기억이 떠올랐다. 그녀는 경고했었다. 그렇다. 나는 그 경고를 무시한 죗값을 받고 있는 것이다. 뒤돌아, 금방이라도 울음이 터질 듯한 하진을 안타까운 눈으로 바라보았다. 내 자신에 대한 불신과, 안타까움과, 원망과 그리고 일말의 기대가 뒤섞인 서글픈 덩어리가 운동화에서 떨어지는 물방울처럼 흘러내렸다.

비겁하고 불쌍했다. 이 정도의 감정을 가지고도 그녀를 붙잡지 못하는 내 자신이, 비겁하지 그지없었

191

다. 수백 수천 가지 고백의 말을 품고 있으면서도, 또 다시 버려질까 두려워 그녀를 잡지 못하는 내가, 가없고도 불쌍했다. 하지만 그녀에 대한 믿음보다, 우리 사이에 흐르는 감정보다 더 강하게 작용하는 것은 언젠가는 버려질 거라는 절망에 대한 믿음이었다.

— 어차피 너도 떠날 거면서, 헛소리 그만해.

내 말에 하진의 눈동자가 바닥을 가늠할 수 없는 깊은 늪으로 변했다.

하지만 나는 패배자처럼 고개를 숙일 수밖에 없었다. 나의 절망을 당신은 이기지 못한다. 당신이 나를 해치지 못하게, 당신이 나를 상처 주지 못하게, 당신이 나를 버리지 못하게. 그렇게 습관이 되어 버린 체념이, 버릇이 되어 버린 절망이 그녀에게 모든 걸 바치고픈 내 두 팔과 두 다리를 부여잡은 채, 놓지를 않았다.

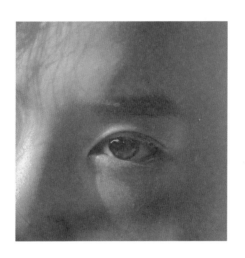

6월 1일   03시 53분

~~6월 1일   05시 28분~~

~~6월 1일   07시 19분~~

~~6월 1일   10시 37분~~

~~6월 2일   01시 41분~~

6월 2일   02시 56분

0월 0일   00시 00분

6월 2일   04시 00분

이마에서 피가 흘러 자꾸만 시야를 가린다.

응급조치를 하다 만 탓에 상처 부위를 중심으로 불이 붙은 듯 뜨겁다. 손등으로 대충 피를 닦아내고, 다시 핸들을 부여잡는다. 자꾸만 눈이 감긴다. 나도 모르게 깜박 졸아, 눈꺼풀이 떨렸다. 순간 차창 밖으로 향한 시야가 쏟아질 듯 흔들린다. 차가 크게 비틀거리며 중앙 분리선을 넘었다가 다시 돌아왔다. 소스라치게 놀라 고개가 휘청거렸다. 번쩍 정신이 들어 급하게 차를 갓길에 세웠다.

띠리링-

핸드폰이 울린다. 머리를 털며 전화를 받자 진도의 다급한 목소리가 흘러나왔다.

— 야, 괜찮냐? 괜찮은 거야?

— 어. 가고 있어.

가라앉은 눈꺼풀을 쌍꺼풀이 짙게 질 정도로 밀어 올리며 말했다. 그때 핸드폰의 액정이 반짝거리더니, 배터리가 없다는 신호가 떴다. 다급한 마음에 시간을 확인한다.

2시 57분

진도에게 끊는다고 말하기도 전에, 핸드폰이 완전히 꺼져 버렸다. 어두운 액정에 느닷없이 비친 내 얼굴을 보고 귀신이라도 본 듯 화들짝 놀랐다. 이마에 흘러내리는 피를 손등으로 대충 닦고 새 배터리를 찾아 가방을 뒤졌다. 배터리를 갈아 끼우자 경박한 소리를 내며 전원이 켜진다. 액정에 뜬 시간을 다시 확인한다.

2시 58분

목이 타오른다. 옆 좌석에 뒹구는 생수병을 집어 미지근한 물을 벌컥벌컥 들이마셨다. 갈증이 사라지고 난 뒤에야, 다시 차창 밖 도로를 노려보듯 응시했다. 여전히 어둡고 적막한 도로가 출구 없는 블랙홀처럼 이어지고 있었다.

⋮

　진도가 가족들과 함께 점심을 먹는 자리에 눈치 없이 끼어 앉았다.

　날씨가 좋을 때면 종종 제수씨와 아이들이 학교로 놀러오고는 했다. 연구동 앞 잔디밭에 둘러앉아 제수씨가 준비한 김밥을 나눠 먹으며 우리는 작은 소풍을 즐겼다. 진도의 쌍둥이 두 딸들이 깔깔거리는 웃음소리가 잔디밭에 굴러 떨어졌다. 진도는 하나는 무릎에 하나는 어깨에 매달려 징징거리는 아기들을 좋아 죽는 얼굴로 바라보았다. 그 모습을 보고 있자니 나도 웃음을 멈출 수가 없었다.

— 준원 씨, 요즘 좋은 소식 있다면서요?

　제수씨가 도시락 뚜껑을 열어젖히며 물었다.

— 네?

— 에이, 예쁜 아가씨 만나신다고.

— 아…….

　나는 머리를 긁적이며 말꼬리를 흐렸다.

— 조고 조고, 하여튼 고새 어째 꼬셔가지곤. 임마, 신성한 장례식장에서 상주랑 눈 맞는 게 말이나 되냐?

　진도가 눈을 흘기며 쏘아붙였다.

— 그러게. 준원 씨 능력 있으시다. 오늘 학교로 오라 하지 그랬어요.

— 아······. 감기 기운 있다고 해서.

민망해서 괜히 허벅지를 긁기만 했다.

— 자기야. 이제 준원이 곧 고생 끝이다. 논문 통과돼서 학위만 따면. 전보다 더 좋은 조건으로 스카우트 될 수 있어. 밖으로 나갈 수도 있고.

진도는 제 일처럼 어깨를 으쓱거리며 자랑했다.

— 어머, 그래요? 축하해요. 준원 씨.

이른 축하 인사에 대답 대신, 쌍둥이들의 머리를 쓸어 주며 어색하게 웃었다. 아무것도 결정된 건 없지만, 지난 달 면접을 본 곳 두어 군데서 긍정적인 연락이 오기는 한 상태였다. 마무리 중인 논문 요약본을 보고 해외 대학에서도 관심을 보여 왔다. 좀처럼 보이지 않던 미래가 어슴푸레하게 눈에 잡힐 듯 말 듯했다.

잔디밭 위에 만찬이 펼쳐졌다. 진도는 쌍둥이들에게 김밥을 먹이고, 제수씨는 진도의 입에 김밥을 넣어주었다. 화목한 가족의 모습이 부러워 짠 줄도 모르고 단무지를 두세 개씩 입안에 욱여넣었다.

단란한 가족 소풍에 끼여 든든히 얻어먹고, 뿌듯한 마음으로 연구실로 돌아왔다. 너무 잘 먹은 탓인지 졸음이 몰려와, 커피 한잔 할 요량으로 물을 끓였다.

— 어…….

진도는 이를 쑤시며 인터넷을 살피다가, 무언가 보고 눈이 커졌다.

— 왜?

종이컵에 봉지 커피를 따라 부으며 물었다. 그런데 진도의 표정이 당혹감으로 굳어졌다. 불길한 예감에 모니터 앞으로 다가갔다. 화면을 보는 순간, 누군가 뜨거운 커피를 얼굴에 들이부은 듯 아찔해졌다.

그길로 이 교수의 연구실 문을 박차고 들어갔다.

— 무슨 일인가.

이 교수는 안경을 내려 콧잔등에 걸치고는 눈을 치켜떴다.

— 이게 뭡니까.

프린트물을 책상에 던지며 물었다. 진도가 발견한 웹 사이트에 이 교수 이름으로 올라가 있던 논문 요약본이었다.

— 아……. 봤나?

그는 동요하는 기색 없이 태연히 말했다. 그 태연함에 구역질이 올라왔다.

— 이거 제 논문이지 않습니까.

— 그렇지. 자네와…… 나의 논문이지.

— 뭐라구요?

순간 잘못 들은 것인가 귀를 의심했다.

— 저자 서명 못 봤는가? 분명 자네 이름도 서브로 들어가 있네만.

끓어오르는 감정에 말을 잇지 못했다.

— 그 논문 설마 자네 혼자 썼다고 생각하진 않겠지? 논문 주제 정할 때부터 나랑 상의했던 것 아닌가? 논문 연구비도 물론 내 프로젝트비에서 지급된 거고.

— 지금 그걸 말이라고 합니까?

반문하자, 그는 안경을 벗어 책상 위에 올려두고는 나를 노려보았다. 그의 눈빛에서 비릿한 악취가 풍겼다.

— 자네, 졸업하고 싶지 않나?

그의 말에 무슨 뜻이냐는 듯 쏘아보았다.

— 들기론 호시탐탐 외국 나갈 기회를 노린다던데, 그것도 담당 교수 추천이 없으면 곤란하지 않을까.

그의 얼굴에 실소가 퍼졌다. 그 바람에 축 처진

207

턱 밑 살이 후들후들 떨렸다. 내 명치끝에 간신히 매달려있던 무언가가 툭— 하고 곤두박질쳤다.

그날 밤, 술에 잔뜩 취한 채 혼자 불 꺼진 연구실로 돌아왔다. 손에는 재활용 쓰레기장에서 주워 온 야구방망이가 들려 있었다. 나는 방망이를 지팡이 삼아 빈 연구실 안으로 걸어 들어갔다. 한 박자 크게 심호흡 한 뒤, 방망이를 두 손으로 잡고 어깨 위로 들어 올렸다. 그리고 실험도구가 쌓여 있는 찬장을 내리쳤다.

시약이 들어 있던 찬장이 유리 덮개와 함께 와장창 떨어져 나갔다. 색색의 시약들이 벽으로 바닥으로 피처럼 튀었다. 뒤돌아 이번에는 책상에 진열되어 있는 실험 도구들을 때려 부수었다. 앞의 것들이 뒤의 것들을, 위의 것들이 밑의 것들을 덮치며 난잡하게 부서지고 흩어졌다. 곧 바로 반대편에 있는 컴퓨터도 부수었다. 검은 액정이 불꽃을 토하며 쓰러졌다.

점차 눈에 보이는 모든 것을 때려 부수었다. 그렇게 내 안의 쌓여 있던 고름 같은 분노들을 모두 때려 부수었다. 빛이라고는 없는 어두운 연구실 안에, 부서진 파편들이 별처럼 반짝이며 흩날렸다.

얼마나 부수었을까. 깨진 파편에 긁혔는지 손등

에서 피가 흐르고 있었다. 그제야 정신이 들어 주위를 둘러보았다. 내가 뱉어낸 분노가, 연구실의 집기들과 함께 산산조각이 난 채 사체처럼 뒹굴고 있었다.

연구실을 나와 하진의 집으로 향했다. 하진이 보고 싶었다. 너무 보고 싶어 견딜 수가 없었다. 어서 빨리 그녀의 품에 안겨 한숨 푹 자고 싶은 생각뿐이었다. 술기운 탓에 발이 꼬여 컨테이너 벨트를 거꾸로 돌린 듯 자꾸만 걸음이 더뎠다. 그럴수록, 엄마 손을 놓친 아이처럼 초조하고 다급해졌다. 애써 진정하려 노력하며 걸음을 재촉했다.

다친 손이 쓰려왔다. 대충 헝겊으로 둘러 둔 상처에 핏물이 고이고 있었다. 헝겊을 다시 꽉 매고 손을 주머니에 쑤셔 넣었다. 그때 언덕을 내려오는 누군가가 보였다. 점차 가까워지자 익숙한 얼굴임을 알아차렸다. 가정부 아주머니였다. 옆에 낯선 남자가 함께 있었다. 그는 아주머니의 배웅을 받으며 내 옆을 스쳤다. 나는 의아한 눈으로 그의 뒷모습을 쫓았다. 아주머니가 나를 발견하고 미소 지으며 다가왔다.
— 오셨어요?

— ……누구?

언덕 밑으로 사라지는 남자를 눈으로 좇으며, 아주머니에게 물었다.

— 인부예요. 집수리 할 거 견적 낸다고.

— 수리요?

— 이제 사택 비워야죠. 서 교수님 다음에 부임하시는 분은 아직 학교 다니는 애가 둘이나 있다네요. 이사 오시기 전에 이것저것 손 좀 보신다고…….

— 그럼 하진이는……?

— 돌아가신다던데요. 네덜란드로.

아주머니는 더 설명할 것이 없다는 듯 빙긋 웃으며 언덕길을 내려갔다. 머릿속이 하얗게 번졌다. 걸음을 옮기던 컨테이너 벨트가 가동을 멈추었다. 자리에서 한 발짝도 움직일 수가 없었다.

더딘 걸음을 질질 끌고, 겨우 하진의 집까지 올라왔다. 참담했다. 하진에게 달려가 옷자락을 부여잡고 돌아간다는 것이 무슨 의미인지 따져 묻고 싶었다. 머릿속이 마구잡이로 뒤엉켰다. 혹여나 지난 나의 투정 때문에 그녀가 떠나기로 결심한 것일까. 무서워졌다. 어서 빨리 하진의 얼굴을 보며, 모른 척

돌아섰던 것은 나를 봐달라고, 내 곁을 떠나지 말아 달라고, 혼자 어둠에 내버려 두지 말라고……. 단지 애원하는 투정일 뿐이었다 고백하고 싶었다.

하진은 서재에 잠들어 있었다.

감기 기운 탓인지 약과 물이 놓여 있었고, 연신 낮은 기침을 뱉어냈다. 잔뜩 웅크려 누운 태아 같은 뒷모습이, 안쓰러워 보였다. 살며시 문을 열고 누워 있는 하진에게 다가갔다. 그때 책상에 놓인 무언가를 발견했다. 하진의 여권과 비행기 표였다. 손끝이 떨려 왔다. 애써, 아니겠지. 아닐 거야. 마음을 다독였다. 나는 건드려서는 안 될 시한폭탄처럼 비행기 표를 내려다보기만 했다. 차마 확인할 용기가 없었다. 대신 한참을 그녀의 새하얀 뒷모습만 바라보았다. 이대로 있으면 선 자리에서 모래가 되어 바스라질 것만 같아 조심스럽게 다가갔다.

하진의 품에 파고들었다. 그 어떤 것도 물을 수가 없었다. 그녀의 입에서 나를 떠난다는 말이 나올까 봐 두려워 입을 뗄 수도, 얼굴을 마주할 수도 없었다. 그저 안으로 안으로 더 파고들 뿐이었다. 열 때문인지, 유난히 하진의 품이 따뜻하게 느껴졌다. 조금 전까지만 해도, 하진을 다그쳐 해명을 원했던 절박한 마음이 열 기운과 함께 녹아버리는 듯했다.

하진이 깨어났다. 그녀는 졸린 눈을 비비며 나를 바라보았다. 그러고는 가능한 팔을 크게 벌려 나를 품어 주었다.

— 무슨 일 있어?

잠이 덜 깨 몽롱한 눈빛으로 그녀가 물었다. 아무런 대답도 하지 못하고 그녀의 가슴에 얼굴을 묻은 채, 숨도 쉬지 않았다.

— 왜 그래.

하진은 하품을 삼키며 내 등을 토닥였다. 금방이라도 눈물이 터져 나올 것 같아, 힘겹게 말했다.

— ……너도 나 버릴 거지.

내 말에 하진은 잠이 깬 듯 표정이 또렷해졌다. 그녀는 토닥이던 것을 멈추고 일어났다.

— 그게 무슨 말이야.

하진의 눈이 커졌다. 내 손등에서 흘러나온 피가 그녀의 새하얀 잠옷을 붉게 물들이고 있었다. 하진은 놀라 내 손과, 잠옷을 번갈아 내려다보았다. 얽힌 애벌레처럼 서로를 품고 있던 우리 사이에, 정적이 감돌았다. 그 정적이 더없이 무서워져 나는 하진을 더 꽉 껴안았다. 다가올 악몽이 무서워 그렇게 그녀를 꽉 껴안고 놓지 않았다. 그때 내 귀에 하진의 작은 입술이 달싹였다.

— 내가 너 버리면, 그땐 니가 날 죽여.

그제야 얼굴을 들고 하진을 바라보았다. 하진이 나를 구원하듯 따뜻한 눈길로 내려다보고 있었다. 내내 참았던 눈물이 터졌다. 악몽을 꾸고 잠에서 깬 아이처럼 흐느껴 울었다. 그런 나를 하진은 부드럽게 보듬어 주었다. 거대한 숲에 안긴 것 같았다. 그 숲은 내가 악몽으로부터 도망칠 수 있는 은신처가 되어주고, 나를 지켜주는 안식처가 되었다.

하진은 부르튼 내 입술에 키스했다. 나는 비로소 완벽한 평온을 얻은 듯 안온한 얼굴로 그녀의 긴 키스를 받았다. 철갑처럼 절망으로 배수진을 치고 있던 마음이 서서히, 그렇게 안도감으로 무너져 내렸다.

부엌으로 나와 하진이 타 준 유자차를 마셨다. 따뜻한 것이 속에 들어가자 물러 터진 복숭아처럼 흐느적거리던 마음이 응고되는 것 같았다. 하진은 내 손에 약을 발라주고, 깨끗한 붕대를 감아 주었다. 대충 응급 치료가 끝나자 그녀는 미소 지으며 나를 바라보았다. 민망하고 쑥스러워 고개를 들 수 없었다.

— 있어 봐.

하진은 그런 나를 말끔히 바라보다 일어났다. 잠시 후 그녀는 서재에서 손가락만 한 무언가를 들고 나왔다. 상아색의 작은 도장이었다.

— 뼈 중에 제일 단단한 뼈래.

하진은 상아색 도장을 붕대가 감긴 내 손 위에 올려 주었다.

— 무슨 뼈야? 개? 소?

도장을 들고 이리저리 살피다 킁킁 냄새를 맡으며 물었다.

— 울 아부지 뼈.

그녀가 해맑게 웃으며 말했다. 나는 그만 손에 힘이 빠져 도장을 놓쳐 버렸다.

— 농담이야.

하진은 떨어질 뻔한 도장을 잡으며 받아쳤다.

— 약속 하나 할래?

그러고는 다시 내 손 위에 도장을 올려 주며 물었다. 나는 불안한 얼굴로 도장을 보았다.

— 무슨 약속?

감기 기운 때문인지 창백해진 얼굴이 안쓰러워, 그녀의 볼에 손을 대며 되물었다.

— 나중에 사랑이 있다고 믿게 되면, 날 갈아서 먹어.

— 뭐?

순간 마시던 유자차를 도로 뱉어냈다.

— 멋지지 않아? 완전히 하나가 되는 거야.

하진은 농담인 듯 진담인 듯 장난기 가득한 눈동자를 굴리며 말했다.

— 변태.

내 말에 하진은 아이처럼 깔깔대며 웃었다. 웃음이 멈추자 무슨 생각인지, 식탁 위에 놓인 고추장 종지를 열었다. 그리고 상아색 도장에 고추장을 도장밥 대신 묻혔다. 그녀는 도장에 입김을 호호 분 뒤, 내 손등에 꾹– 찍어 눌렀다.

윤준원이라고 정직하게 쓰인 빨간 낙인이 손등에 새겨졌다. 손등을 들어 그녀가 새겨 준 낙인을 전등불 밑에 비춰 보았다. 그렇게 나는 영원히 지워지지 않을 새빨간 낙인을 가슴에 새겼다. 이민자가 오랜 세월 동안 잃어버렸던 정체성을 다시금 확인한 듯한 기분이었다. 길고 지루한 여행을 끝낸 것만 같았다. 덕분인지 그날 밤 악몽은커녕 그 어떤 꿈도 꾸지 않고 그녀의 품에서 깊이 잠들 수 있었다.

215

⋮

공사장 입구에 차를 세웠다.

흙먼지가 가라앉자 장벽처럼 높게 쳐진 철제 펜스가 앞을 가로막고 있다. 차에서 내려 주위를 둘러보았다. 포클레인 두어 대가 세워져 있고 여기저기 땅은 파다 만 채, 자재들이 어지러이 흩어져 있다. 녹이 슨 안내 간판에 00연립주택 공사 현장이라고 쓰여 있다. 메마른 바람이 간판을 훑으며 신경을 긁는 소리를 낸다.

마침내 카드에 적힌 주소지에 도착했다.

주위를 둘러보았다. 인기척은 느껴지지 않는다. 대신 검은 개 한 마리가 잡목으로 대충 지은 개집에 잠들어 있다. 초조한 마음으로 시간을 확인한다. 어느새 손목시계는 3시 40분을 가리키고 있다.

이제는 또각또각 흘러가는 시계 초침 소리조차 얄밉다. 들어갈 입구를 찾았지만, 어디에도 문 따위는 보이지 않는다. 나는 자물쇠로 칭칭 감긴 철제 펜스를 바라보았다. 그리고 망설임 없이 돈 가방을 펜스 너머로 던졌다. 가방이 펜스 건너편 땅바닥에 툭, 떨어지며 뿌연 흙먼지가 일었다. 철제 고리 안으로

발을 끼워 넣었다. 그리고 내려 밟은 반동으로 펜스
에 올라탔다. 펜스 윗부분에 앉아 심호흡을 하며 뛰
어내릴 자세를 잡았다. 그 순간, 잠들어 있던 개가
깨어나 짖기 시작했다. 기둥에 개를 묶어둔 사슬이
철컹철컹 흔들리는 소리와, 개가 사납게 짖는 소리
가 엇박자로 이어지며 순식간에 빈 공사장의 적막을
메웠다.

　짖는 것만으로는 성에 차지 않았는지, 개가 돌진
해 오기 시작했다. 그리고 단숨에 뛰어 올라 내 바
지 자락을 덥석 물었다. 다리를 힘껏 차 냈지만, 놈
은 지지 않고 바지 자락을 물고 늘어졌다. 그 바람에,
발을 헛디뎌 바닥으로 나뒹굴었다. 그와 동시에 튀
어나온 철제 고리에 걸려 허벅지 살이 한 줌 뜯겨져
나갔다.

— 악!!!!!!

　단발의 비명소리가 개 짖는 소리보다 한 톤 높게
울렸다. 아파하기도 잠시, 놈은 다시 내 바지를 물더
니 허벅지를 타고 올라왔다. 있는 힘껏 다리를 쳐 대
며 쫓으려 했지만, 그럴수록 놈은 제 소명을 다하겠
다는 결사적인 눈빛으로 지독하게 바지를 물고 늘어
졌다. 금방이라도 물어뜯을 듯 위협적인 놈의 얼굴

이 눈앞에서 번뜩였다.

버둥거리는 나를 향해 달려드는 놈의 힘에, 목에 묶인 사슬이 끊어질 듯 팽팽해졌다. 놈은 나를 한입에 베어 물지 못하는 게 속이 타는지, 잇몸을 드러내고 침을 질질 흘렸다. 그러더니 핏대가 부풀어 오르며 내 머리 높이까지 순식간에 솟구쳐 올랐다. 그 기세에 사슬을 묶어 둔 기둥이 기울었다. 그 덕에 놈이 움직일 수 있는 활동 범위가 늘어났다. 순간 놈과 나의 거리도 한 발짝 당겨졌다.

이때다 싶었는지, 놈은 어금니가 보일 만큼 입을 쩌억 찢었다. 다시 쇠사슬이 요동치더니, 기둥이 조금 더 기울었다. 그 힘을 받아 놈이 목을 빼 덤벼들었다. 순간 쇠사슬 고리 하나 정도의 차이로 아슬아슬하게 놈의 이빨이 내 얼굴을 스쳐 지났다. 기겁해 다리가 아픈 줄도 모르고 발길질하며 뒤로 물러났다. 그때 눈 깜짝할 사이에 사나운 이빨이 내 목을 겨눴다. 등 뒤로 철제 펜스의 싸한 기운이 몸서리치게 파고들었다.

더 물러날 곳이 없다.

마지막 스퍼트를 날리듯 놈이 쇠사슬을 끌며 턱을 벌렸다. 기둥이 거의 바닥에서 뽑힐 듯 기울었다.

놈의 이빨 사이로 침이 뚝뚝 떨어져 흙바닥에 검은
무늬를 만들어 냈다. 발끝에서부터 든 오한이 순식간
에 정수리까지 퍼졌다. 주위를 둘러보았다. 누가 공
중에서 손을 뻗어 나를 집어 들어올리지 않는 이상
빠져나갈 구멍이 없었다. 그대로 있다가는 놈에게 얼
굴 거죽째 물어뜯겨 버릴 것만 같았다. 그때 머릿속
으로 하진의 얼굴이 스쳐 지나갔다. 목구멍에 뜨거운
것이 울컥했다. 어디서 난 힘인지, 나는 한 팔로 펜스
를 잡고 체중을 실었다. 그리고 힘껏 놈의 턱을 발로
걷어찼다. 크컹컹, 숨을 거꾸로 삼키며 놈의 목이 꺾
였다. 이리저리 비틀거리다가 제 침이 떨어진 바닥
위로 쓰러졌다. 그 찰나를 놓치지 않고 잽싸게 일어
나 안간힘을 다해 공사장 안쪽으로 뛰어 들어갔다.

    손목시계의 두 바늘이 분주히 움직인다.

            3시 57분... 58분... 59...

    시간을 확인하며 현기증이 날 정도로 두리번거
렸다. 공사장 안은 폐자재를 태워 불을 피우다 만 재
가 눈처럼 날리며 스산함이 감돌았다. 사람이 있을

만한 장소를 찾아보았지만, 황량함만 휘몰아친다.

— 하진아!!!!! 하진아!!!!!!!!!!!!!!!

목이 터져라 하진을 불렀다. 하지만 나를 공격하던 개의 비틀린 울음만이 들려올 뿐이다. 그때 무언가 발견했다. 공사장 한구석에 창고 같은 폐쇄된 공간이 보였다. 빨려 들어가듯 망설임 없이 달려갔다.

4시 정각

한걸음에 내달려 창고 문을 거칠게 밀고 들어갔다. 동시에, 시계 알람 소리가 요란하게 울렸다.

— 하진아!!!!!

창고 안 구석구석을 쏘아보며 하진의 이름을 외쳤다. 흥분과 긴장감에 심장이 터질 것 같다. 그제야 이곳이 배달된 영상 안의 그 창고와 동일한 곳임을 인지했다. 영상에서 비치던 기기들과 분위기까지 모두 일치했다. 허나 하진은 보이지 않는다.

— 하진아!! 하진아!!!!

시간은 어느새 약속된 4시 정각을 넘어 속절없이 흘러가고 있다. 혼란스러움이 극에 달해, 그 어떤 판단도 서지 않는다.

쿠아아아아아아아앙-!!!

내 뒤통수를 걷어차듯 뒤쪽에서 요란한 굉음이
들렸다. 놀라 뒤를 돌아보는 순간 태양처럼 강렬한
빛이 내리쬐었다. 시야를 잡으려 눈을 찌푸렸지만
쏟아지는 빛에 그 어떤 것도 보이지 않는다. 하얗게
번졌던 시야에 독수리의 발톱 같은 굴삭기가 드러난
다. 곧 귀를 찢는 굉음과 함께 굴삭기가 창고의 천장
을 때려 부수기 시작했다.
― 아아악!!!!!!
본능적으로 머리를 감쌌다. 하지만 한발 늦은 듯
부서진 천장의 자재들과 함께 굴삭기가 머리 위로
덮쳐 왔다.

⋮

학교를 그만 둘 생각이었다.

이 교수는 연구실이 박살난 걸 보고 나를 감옥에 넣느니 어쩌니 난리를 피웠다. 하고 싶은 대로 하시라, 했다. 야구방망이를 들고 연구실을 때려 부술 때 이미 끝이라 마음먹었다. 학교를 그만 둔다고 생각하니 오히려 홀가분했다. 앞날이 걱정되기는 했지만.

하지만 진도가 중재하고 나섰다. 진도의 형이 한 방송국의 시사 프로 피디로 일하고 있었다. 대학원생 착취 실태를 고발하겠다고 강수를 둔 것이다. 그동안 이 교수가 연구생 앞으로 나온 연구 지원비를 통장째 가로챘기 때문에 진도도 쌓인 게 많았다. 내 일까지 겹치니 이참에 터져버린 것이다. 평소 소심하던 친구가 불같이 화를 내는 모습에 당황스럽기도 하고, 무엇보다 눈물나게 고마웠다.

이 교수는 의외로 순순히 꼬리를 내렸다. 곧 있을 총장 선거를 의식했기 때문이리라. 방송국 기자들이 연이어 전화를 걸어오자, 노발대발하던 모습은 벗겨진 이마 너머로 훌렁 넘겨버렸다. 그러고는 특유의 능글맞은 어투로 별 일 아니라며 앞서서 무마했다.

결국 합의점을 찾았다. 제출했던 논문의 B 버전으로 졸업 심사를 통과시키기로 한 것이다. 단, 나는 괘씸죄로 한동안 산학 협동 프로젝트 이곳저곳에 차출되었다. 말이 산학 협동이지, 교류하고 있던 기업에 들어가 알바보다 못한 임금으로 막노동을 해야했다. 하지만 일단은 학위를 받을 수 있다는 것에 만족하는 것으로 스스로를 다독였다.

이래저래 정신이 없어 하진과는 자주 만나지 못했다. 나도 여기저기 불려 다니느라 바빴지만 하진도 못지않게 바빴다. 아트 마켓이나 전시회로 지방에 가는 일도 잦았다. 오히려 하진이 너무 바빠 주인 없는 집에서 혼자 멍하니 기다린 적도 많았다.

바로바로 연락이 되지 않자 슬슬 답답함이 커졌다. 그렇지 않아도 시간 맞추기가 힘든데, 연락마저 수월하지 않으니 속이 타들어갔다. 그렇게 잔뜩 꼬여 있다 어렵사리 하진을 보게 되면 반가운 마음이 넘쳐 화가 났다. 나는 이렇게 안달이 나 있는데 태연하게 웃으며 다가오는 그녀를 보기가 힘들었다. 한번은 핸드폰을 개통까지 시켜 선물해 준 적도 있었다. 하지만 좀처럼 어두운 얼굴 하는 법이 없던 그녀가 정색했다.

더 강요할 수가 없었다. 그녀는 영역을 침범 당하면 꼬리를 자르고 도망가 버리는 야생 동물 같았다. 하진의 세계는 섬세했다. 늘 웃는 얼굴이라 뭐든지 다 받아줄 것 같았지만, 좋고 싫은 점이 분명했다. 그녀만의 규칙이 분명하게 존재하는 그 세계를 강제로 바꾸려 하지 않는 것이 우리 사이의 불문율이었다. 답답하고 애가 탔지만, 나는 그녀가 꼬리를 자르고 영영 도망가 버릴까 봐 더 이상 채근할 수 없었다.

비행기를 탈 일이 생겼다. 제주도에서 열리는 세미나에 교수님들과 연구생 일부가 참석하기로 한 것이다. 나는 드디어 비행기를 타는구나 싶어, 내심 설레었다. 요즘 세상에 마음만 먹으면 서울에서 부산까지라도 탈 수 있겠지만. 비행기는 나에게 '아직'은 이른 사치처럼 느껴졌다. 마치 어릴 적 시험에서 100점 맞으면 엄마가 사 주기로 한 자장면과도 비슷했다. 100점을 맞지 않고 먹는 자장면은 왠지 반칙 같았다. 그렇게 죄책감으로 비벼진 자장면처럼 비행기는 나에게 함부로 넘봐서는 안 될 존재처럼 느껴졌다.

하지만 일 때문이라면 정당하다고 합리화했다.

100점까지는 아니어도 90점 정도는 되어서 옜다, 그
동안 고생했다 하고 자장면 한 그릇 얻어먹을 수 있
는 거라고. 그래서 제주도로 세미나가 결정되었을 때,
어린애처럼 들떴다.

하지만 역시 100점이 아니면 의미가 없었나 보다.
비행기가 아닌 부산을 거쳐 배를 타고 가기로 한 것
이다. 제주도 세미나 직전에 부산에서 세미나가 있
었다. 게다가 교수님 한 분이 비행 공포증이 있다고
했다. 가장 웃어른이라 그럼 교수님만 배를 타고 오
시라, 할 수 없었다. 결국 내가 교수님을 모시고 배
를 타고 제주도로 들어가기로 했다. 그럼, 그렇지. 역
시 100점이 아니면 의미가 없다.

— 난 평생 비행기 탈 팔자는 아닌가 보다.

배를 타기로 결정 난 날, 실망감에 하진에게 쪼르
르 달려가 투정을 부렸다.

— 걱정 마. 내가 태워 줄게.

하진은 어린애 달래듯 내 머리를 쓰다듬었다. 그
손길에 또 금세 김이 빠진 탄산음료처럼 마음이 잠
잠해졌다.

— 같이 갈까?

225

손길이 너무 따뜻해서인지 나도 모르게 물었다.

— 응?

— 제주도, 같이 갈래? 보름이나 있어야 하는데, 전화도 잘 못하고 힘들잖아. 제주도 가 봤어? 너 여행하는 거 좋아하잖아. 나 일 끝나면 같이 놀러 다니고.

나는 홈쇼핑 상품을 브리핑하듯, 제주도에 가야 할 이유를 두서없이 늘어놓았다.

— ……제주도라.

그녀가 안으로 말을 삼켰다. 성적표를 기다리는 수험생 같이 목이 탔다. 100점일까. 아니 90점은 될까. 그녀가 만든 짧은 정적에 속이 순식간에 요란해졌다.

— 미안. 정리해야 할 게 있어서.

결과는 낙제. 목 관절의 나사가 빠진 것처럼 고개가 뚝 떨어졌다. 실망하는 내 모습에 그녀가 애써 웃어 보였다. 나는 그녀의 웃음 바로 뒤에 붙여 묻고 싶었다.

'뭘 정리하는데?'

하지만 한 마디도 떼지 못했다. 정리하려는 것에 내가 포함되는 것인지. 묻고 싶었지만 그러지 못했다. 내가 그녀의 섬세한 세계 안에 포함되어 있는지 아

6월 2일 02시 56분

닌지도 확신이 서지 않았기 때문이다. 그녀가 말한 사랑은 그녀의 영역 안일까. 밖일까. 나는 답을 밀려 써서 0점이 나온 아이처럼 침울한 얼굴이 되었다. 어색한 분위기를 느끼고 하진이 이런저런 애교를 부렸지만, 그조차도 눈에 들어오지 않았다. 결국 저녁 먹고 가라는 그녀의 말에 피곤하다며 돌아섰다.

그러고는 제주도로 떠날 때까지 그녀를 찾아가지 않았다. 모르겠다. 그것이 무슨 고집이었는지…….
그렇게 우리는 꽤 오랫동안 떨어져 있게 되었다. 그녀와 만난 지 네 달 만이었다.

제주도에 태풍이 왔다. 세미나 기간 내내 비가 내렸다. 공식 일정이 끝나고 자유 시간이 주어질 때까지도 비가 내려 마땅히 할 수 있는 게 없었다.

제주도에 도착하자마자 나는 하진에게 연락하지 않고 온 것을 후회했다. 물리적 거리가 멀어진 만큼 그녀에 대한 마음이 배로 불어난 듯했다. 그렇게 돌아서고 난 뒤로 그녀가 나에게 실망하지는 않았을까. 토라지지는 않았을까. 걱정이 되어 아무것도 손에 잡히지 않았다. 제주도에 도착해 좋은 걸 볼 때도 나쁜 걸 볼 때도 그녀가 떠올랐다. 오로지 내가 느끼는

227

모두를 그녀와 함께 하고 싶다는 생각뿐이었다. 온전히 떨어져 있는 시간 동안 깨달았다. 이제 그녀 없이는 살 수 없다는 걸.

다행히 하진에게 먼저 전화가 걸려 왔다. 나는 어색한 목소리로 내내 마음이 쓰였다고 순순히 털어놓았다. 목소리를 들으니 눈물이 나올 것만 같았다. 하루라도 빨리 그녀가 있는 곳으로 돌아가고 싶었다. 돌아가 하진을 만난다면 하고 싶은 말들이 많았다. 궂은 날씨 탓인지 감성적이 되어 낯간지러운 그 어떤 고백도 할 수 있을 것만 같았다.

일정을 끝내고 돌아가기 이틀 전에야 날씨가 갰다. 그 때문에 교수님들을 모시고 뻔하디 뻔한 코스로 부랴부랴 관광을 다녀왔다. 나는 조잡한 물건들로 가득한 한 기념품 가게에서 색이 바랜 엽서 한 장을 샀다. 한라산을 배경으로 조랑말이 풀을 뜯고 있는 사진이었다. 합성 같은 느낌의 촌스러운 엽서가 왠지 마음에 들었다.

떠나기 전날 밤, 예행연습 하듯 엽서를 썼다. 실수할까 봐 연필로 쓰고 지우느라 종이 결이 우둘투둘해졌다. 그동안 하진과 편지를 주고받았던 덕분에

제법 손글씨 쓰기가 편해졌다. 무엇보다 얼굴을 마주
하고는 하지 못할 말들도 글로는 할 배짱이 생겨났다.

엽서가 도착하기 전에 하진을 만나서 직접 고백
할 생각이었다. 하지만 혹시라도 그녀 앞에서 내가
또 쭈뼛거리고 있다면 이 엽서가 구원병처럼 도와
줄 것이다. 학창 시절 짝사랑하는 여학생을 두고 우
물쭈물할 때, 슬쩍 옆구리를 밀쳐 애가 너 좋아한대,
하고 소리쳐 주는 친구처럼 말이다. 그렇게 섣부른
믿음을 담아 우체통에 엽서를 밀어 넣었다.

돌아오는 배를 타기 전 면세점 액세서리 매장에
서 한참을 서성거렸다. 반지는 너무 거창하고 목걸
이라도 사야 하는 건 아닐까. 하진의 목에 목걸이를
걸어주는 내 모습을 상상하자니 얼굴이 불타는 것처
럼 뜨거워졌다.

⋮

결국 선물이랍시고 들고 온 것은 감귤 초콜릿 한 상자였다. 하진의 집 앞에 도착해 초콜릿 상자를 옆구리에 끼고 벨을 눌렀다. 돼지갈비 뼈다귀를 들고 그녀의 집 앞에 서 있던 그 때처럼 가슴이 터질 듯 두근거렸다. 일초라도 빨리 그녀의 얼굴을 보고 싶었다. 문이 열리자마자 덥석 껴안고 놔주지 않을지도 모른다.

하지만 아무런 인기척도 들리지 않았다. 늘 현관 옆에 세워져 있던 자전거도 보이지 않았다. 머리를 긁적이다가 다시 한 번 벨을 눌러 보았다. 여전히 반응이 없었다. 혹시나 하는 마음에 문고리를 당겨보았지만, 역시나 잠겨 있었다.

외출한 건가. 아쉬움에 발길을 돌리려다가 왠지 모르게 등줄기가 서늘해졌다. 불안한 기운을 떨쳐낼 수가 없어 괜히 집 주위를 한 바퀴 둘러보았다. 그러고는 몇 번 더 벨을 눌렀다. 그래도 반응이 없자 남색 펜스를 타 넘고 마당으로 들어갔다.

다행히 마당과 연결된 부엌 후문이 열려 있었다. 나는 후문을 통해 집 안으로 들어갔다. 안으로 들어오니 두터운 커튼 때문에 낮인데도 밤처럼 어두웠다.

— 하진아?! 아주머니?

　두리번거리며 소리쳤지만, 어떤 인기척도 들리지 않았다. 거실 한 중간에 덩그러니 서 있자니 집안 가득 스산한 기운이, 발바닥을 타고 올라왔다. 그러고 보니 뭔가 달라져 있었다. 아니, 사라져 있었다. 거실의 물건들과 가구들이 모두 정리되어 있었다. 왜 이제야 알아차렸는지 스스로 이해할 수 없을 정도로 집 안은 깨끗하게 비어 있었다. 마치 다시는 이곳에 돌아오지 않을 것처럼……

　한기가 들었다. 공포 영화의 한 장면처럼 등 뒤로 무언가가 스멀스멀 기어오르는 느낌이었다. 멍한 얼굴로 주위를 둘러보며 복도를 걸어갔다. 하지만 복도 끝까지 걸어가도 아무도 없자, 다시 터덜터덜 걸어 나왔다. 손이 떨려왔다. 떨리는 손을 주머니에 쑤셔 넣고는 서재로 향했다.

　서재의 문을 열고 들어가 윗도리를 벗어 아무 데나 걸쳐 두었다. 나는 하진이 항상 누워 있던 낡은 러그 위에 앉았다. 그리고 그녀를 흉내내듯 잔뜩 웅크린 포즈로 누웠다. 러그에서 하진의 체취가 올라왔다. 그제야 마음이 조금 편안해져 눈을 감았다. 웅

231

크려 누운 채, 하진이 오기를 기다렸다.

뼈를 잔뜩 담은 바구니를 들고 서재의 문을 열고 환하게 웃어주기를. 늦었지. 미안해. 밤참 뭐 먹을까. 하고 차가워진 손을 내 티셔츠 안에 넣고 장난기 가득한 눈으로 웃어 주기를. 아니, 그냥 아무 말 없이 따뜻하게 안아주기를. 꼭 껴안고 그대로 단잠에 빠지기를. 기다렸다.

어느새 창가에 노을빛이 들어왔다. 하지만 그 빛도 점점 작아지더니 곧 달빛으로 변해갔다. 또다시, 달빛은 점차 아침 햇살로 바뀌었다. 그렇게 한나절, 아니 이틀……. 어쩌면 꽤 오랜 시간 동안 웅크려 잠들어 있었다. 하진이 오기를, 어서 와서 잠든 나를 깨워주기를 기다렸다. 나의 어둠이, 나를 구원해 주길. 그렇게 몇 날 며칠 착한 아이처럼 가만히 기다리고 있었다.

6월 1일 ~~03시 53분~~

~~6월 1일~~ ~~05시 28분~~

~~6월 1일~~ ~~07시 19분~~

~~6월 1일~~ ~~10시 37분~~

~~6월 2일~~ ~~01시 41분~~

~~6월 2일~~ ~~02시 56분~~

0월 0일 00시 00분

6월 2일 04시 00분

서서히 눈을 뜬다.

또 기절한 걸까. 이곳에 오기까지 몇 번이나 정신을 잃은 것인지……. 낯선 천장이 보인다. 구급차 안인가? 주위를 살펴본다. 하진인 듯 아닌 듯 누군가의 실루엣이 비친다. 드디어 그녀를 만났다는 생각에 감정이 북받쳐 눈물이 터져 나온다.

— 하진…… 아……?

눈앞엔 하진의 부드러운 실루엣이 아닌, 털이 수북한 남자들이 서넛 둥글게 서 있다.

— 일어났네. 일어났어.

— 멀쩡해 보이는데?

그 소리에 환상과 현실의 경계에서 깨어나 정신을 차리고 일어나 앉았다. 직사각형의, 집도 아니고 사무실도 아닌 회색빛 공간이다. 나는 곧 이곳이 공사장의 인부들이 거처하는 트레일러 박스 안임을 깨달았다. 순간 하진을 만나지 못했다는 당혹감에 머리가 깨질 듯 아파온다.

— 아악……!!

인부들이 내 비명에 놀라 움찔거렸다.

— 이봐. 괜찮은가? 역시 병원 데리고 가는 게 낫겠어.

— 그래, 있어 봐. 차 키가…….

분위기가 분주해지기 시작했다.

— 아니요. 괜찮습니다…….

나는 내 앞에 서 있는 남자의 팔목을 잡아 저지시켰다. 그리고 시간을 확인하기 위해 손목시계를 내려다보았다. 창고에서 넘어질 때 부딪힌 것인지 시계의 유리판이 깨져 있고 시간은 4시 정각에 멈추어 있다.

— 저, 지금 몇 시죠?

다급한 마음에, 앞에 서 있는 남자에게 물었다.

— 지금? 보자. 6시인데…….

밀려오는 절망과 혼란감에 숨이 막혀 온다. 다 끝난 것인가. 하진은 대체 어디에 있단 말인가. 사실은 이 모든 것이 환상이고 꿈이었던 것은 아닐까. 내 머릿속은 온통 의문과 불신으로 가득 차, 뿌옇게 흐려졌다.

간이 탁자 위에 사골 국밥 그릇이 올려졌다.

— 어서 들어.

느긋한 인상의 인부가 숟가락을 건네줬다.

— ……네.

제정신이 아닌 상태로 힘없이 숟가락을 챙겨 받았다.

— 누굴 찾아 왔다고?

깡마른 체격의 다른 인부가 소주 뚜껑을 이빨로 따며 물었다. 나는 숟가락으로 말간 사골 국의 국물을 흩트리다가, 주머니에서 카드를 꺼내 보여주었다.

— 여기가 확실히 맞나요.

— 주소는 맞는데……. 이 시간에 누굴 찾아와?

숟가락을 건넨 남자가 카드에 적힌 주소를 희멀건 눈으로 바라보다가 의아한 듯 되물었다. 나는 마른침을 삼키고 입을 열었다.

— 저… 혹시 창고 안에서 여자가 감금됐는데…….

내 말에 국밥을 먹던 인부들 모두 무슨 헛소리인가 하는 눈빛으로 바라보았다.

— 아, 아닙니다.

그 눈빛에 절망해 고개가 떨어졌다.

— 그 놈 소리구만.

그때 내내 구석에서 태연하게 소주를 들이키던 남자가 취기에 붉어진 얼굴로 나를 바라보았다.

— 네?

정신이 번쩍 들었다. 덩달아 다른 인부들도, 그를 바라보았다.

— 왜 기억 안나? 아, 자네들은 그때 없어서 모르겠

구먼. 그 납치범인지 뭔지 때문에 그동안 공사 중단
된 거 아냐. 저 창고 안에서 헛짓거리 하다가.

그의 말에 입가에 경련이 일었다.

— 지, 지금 어디 있나요. 그 사람.

— 교도소에 있겠지. 잡혔으니깐.

— 네……?!

쥐고 있던 숟가락이 떨어져 바닥에 쇳소리가 나
뒹굴었다.

⋮

도로는 아침 안개가 깔려 잿빛으로 변해 있다.

잠을 자지 못한 탓인지 머리가 깨어질 듯 아프다. 한 손으로 관자놀이를 지압하며 공사장 인부가 들려 준 이야기를 다시 떠올렸다.

— 그래, 자네 말대로 부녀자 납치죄로 잡혀 들어갔지. 현장에서 잠깐 일했던 뜨내기였는데, 나랑도 술 몇 번 했었어. 중국인이랬나, 조선족이랬나? 암튼 말투가 딱 연변 말투였거든. 그때 잔금 문제로 공사가 잠깐 중단됐단 말이야. 그 틈에 저 창고에서 꽤나 오래 있었나 봐. 잡힌 게 올 초니깐……. 공사 시작 전까지 아무도 몰랐거든. 그동안 저기서 못된 짓을 얼마나 많이 했을지 모르지. 밝혀진 것만 네댓 건이랬으니까. 덕분에 수사한다고 다시 공사 중단되는 바람에 회사도 피해가 엄청났다고. 소송한다고 난리를 쳤는데 관리 소홀 문제로 되레 덤터기 쓸 분위기였으니깐 입이 쑥 들어갔지 뭐.

인부의 목소리가 안개에 섞였다. 희뿌연 안개처럼 모든 것이 의문인 상태로 나는 그가 알려 준 교도소로 향하고 있다. 어느새 차체의 시계 액정은 멈춰 세팅 상태로 반짝이고, 손목시계도 깨졌다. 그렇다.
이제는 시간에 쫓기는 것이 아니라 내가 시간을 쫓
아가야만 한다. 나는 그녀와 나 사이에 잃어버렸던 2
년간의 시간을 뒤늦게 쫓고 있다.

⋮

교도소 대기실에 비치된 서고에서 지나간 신문 기사를 읽으며, 면회 담당관을 기다렸다.

신문에는 하진의 납치범으로 추정되는 범인이, 하진과는 또 다른 부녀자 납치사건으로 현장에서 체포되었다는 기사가 실려 있었다. 기사의 한 글자 한 글자를 읽어 내려가는 동안, 내 심장은 글자 수만큼 쪼개어졌다. 기사에는 마스크와 모자를 푹 눌러쓴 채 고개 숙인 납치범의 모습이 함께 실려 있다. 그 모습을 뚫어져라 바라보았다. 하지만 사진 속 실루엣만으로는 그가 누구인지, 짐작조차 가지 않는다.

그와 관련된 기사를 마침표까지 빠짐없이 읽고 나자, 오히려 더 혼란스러워졌다. 맞지 않는 구멍에 억지로 못을 쑤셔 넣는 듯한 두통에 나는 책상에 머리를 박은 채 일어나지 못했다.

그때 면회 담당자가 다가와 책상 위를 손가락으로 똑똑 두드렸다. 그제야 얼굴을 들고 그를 바라보았다. 교도관은 내 앞에 앉더니 무료한 표정으로 나를 굽어보았다. 긴장감에 얼굴 근육이 마음대로 움직이지 않았다.

— 죄송합니다만, 면회 불가입니다.

교도관은 면접 심사를 하듯 아래위로 훑어보다가 차가운 목소리로 통보했다.

— 네……?

내 행색이 남루한 탓인 것 같아, 괜히 땀으로 떡진 머리를 쓸어 올렸다.

— 죄수번호 1602번 왕상철은 2주 전, 관내 폭행 사건으로 사망하였습니다.

교도관은 그런 나를 심드렁한 눈빛으로 바라보다가 기계적인 말투로 답했다.

— 사…… 망했다구요?

— 연락 못 받으셨나요? 벌써 장례식까지 끝난 걸로 알고 있는데……. 가족, 아님 친구분이신가요?

교도관은 형식적인 위로를 표하려는 듯 눈을 깊게 껌벅였다. 나는 손이 떨려 의도하지 않았는데도, 손가락으로 책상 위를 두드려댔다.

교도소를 빠져 나와 담배를 꺼내 물었다. 천천히 담배를 태우며 몇 걸음 걸어 나가다, 다리에 힘이 풀려 휘청거렸다. 결국 더 걸어가지 못하고 근처 돌담 옆에 주저앉아 버렸다. 머리가 부서질 듯 아파왔다.

나무에 기대어, 진통제를 대신해 줄담배를 태우기 시
작했다. 여전히 손이 떨려 담뱃재가 바지 여기저기
흩뿌리듯 떨어졌다. 허무함과 당혹감을 담배 필터에
꼭꼭 누른 채, 끊임없이 검은 연기를 빨아들였다.

　발밑에 담배꽁초가 쌓였다. 꼭 발밑에 쌓이던 종
이비행기들 같다. 더 이상 태울 담배가 남아있지 않
을 즈음, 앞 유리가 깨져 멈춰 버린 손목시계를 바라
보았다. 시계를 풀려고 끈을 끌렀지만, 어디가 꼬였
는지 잘 풀어지지 않았다. 감정이 북받쳐 온다. 참다
못해 힘으로 시곗줄을 거칠게 뜯어냈다. 그리고 내
팽개치듯 던져 버렸다. 시계가 은행나무에 맞고 툭―
떨어졌다. 한 박자 뒤, 지나가는 차에 밟혀 완전히
부서졌다. 손목에는 그동안의 시간을 알려주듯, 햇빛
에 노출되지 않은 시곗줄 자리만 문신처럼 남아있다.
― ……어디 있니. 하진아.

　아무것도 알 수 없고, 아무것도 할 수 없다.

⋮

하진은 오지 않았다.

제주도에서 돌아온 후 무턱대고 그녀의 집에서 기다리다, 결국 이사 올 사람들과 마주쳤다. 서 교수님 자리를 대신해 임용된 교수라고 했다. 나는 불장난을 하다 들킨 아이처럼 쫓기듯 하진의 집에서 나왔다.

집에서 나온 뒤 그녀가 갈 만한 곳을 찾아다니기 시작했다. 장을 보는 마트, 뼈를 구하러 가던 시장, 자주 방문하던 도서관과 갤러리. 하지만 어디에도 그녀의 흔적은 없었다. 마치 세상에 존재하지 않았던 사람처럼 아무도 그녀를 기억하지 못했다.

시간이 갈수록 공황 상태가 되었다. 함께 걸었던 산책길과 호숫가를 수십 번 오르내렸다. 혹시나 발을 헛디뎌 사고가 난 건 아닐까. 뼈를 묻다가 어딘가로 미끄러진 것은 아닐까. 걱정은 망상을 키웠다. 나는 그녀가 호수에 빠져 버린 건 아닐까 싶어, 술에 취해 호수 안으로 헤엄쳐 들어갔다 죽을 뻔하기도 했다.

제주도에 가 있는 동안 인근에 있었던 사고 뉴스

나 기록들을 샅샅이 뒤졌다. 하지만 그녀와 비슷해 보이는 사람조차 없었다. 결국 혼자서 찾는 일을 포기하고 경찰서로 향했다. 실종 신고를 하기 위해서였다. 하지만 경찰관 앞에 앉아 나는 그 어떤 것도 말할 수 없었다. 그녀의 이름이 서하진이라는 것과, 서 교수님의 외동딸이라는 것. 그리고 네덜란드에서 왔다는 사실 외에는 제대로 알고 있는 사실이 없었다.

그랬다. 나는 하진에 대해 아는 것이 없었다. 그녀가 네덜란드에서 다니던 학교의 이름이 뭔지, 구체적인 전공은 무엇이었는지, 네덜란드의 어느 지역에 살았는지, 한국에 친구는 있는지, 한국에서 어떤 학교를 다녔고 어디에서 자랐는지, 그리고 언제 돌아갈 예정이었는지…… 그 어떤 것도 알지 못한다는 것을 깨닫는 순간, 화들짝 놀랐다.

— 네덜란드로 돌아간다 했다면서요? 그럼 간 거겠죠? 집도 싹 정리해 놨음 뭐 말 다했지.

뭘 이런 일로 왔냐는 눈빛으로 말하는 경찰관의 이야기에, 폐부를 찔린 듯했다. 그의 말이 맞았다. 나는 하진에 대해 아는 것이 없었다.

죄인이 된 마음으로 경찰서를 나오며 생각했다. 나는 과연 하진을 알고 있었던 걸까. 내가 알고 있던

그녀는 누구였을까. 아니, 그녀가 존재하기는 했던
걸까⋯⋯.

⋮

어릴 적 나는 세상에 존재하는 시간이 수십 수백 가지일 것이라 생각했다. 우리 시계방에서 팔고 있는 시계의 개수만큼이나, 시간의 개수도 그만큼 많을 거라 짐작한 것이다. 게다가 자명종 시계, 탁상시계, 뻐꾸기시계, 손목시계처럼 개개인의 시간도 다양한 모양과 형태라 믿었다. 그래서 시계방에서 손님들이 마음에 드는 시계를 고르면, 각자 고른 시계에 맞춰 여러 형태의 시간이 딸려 간다고 생각했다.

또 사람이 죽는다는 건, 시계의 약을 갈아주지 못해 멈춰 버린 것과 같다고 추측했다. 게을러서, 귀찮아서, 혹은 타이밍을 맞추지 못해. 시계의 약을 갈아주지 못하면 그 사람의 시간은 멈추고 그 사람도 함께 죽는다. 반면 사고나 질병과 같은 갑작스런 죽음은, 시계가 어딘가에 부딪혀 깨어지거나 부서지는 일이라 믿었다.

어느 날이었던가.

동네 슈퍼마켓 할아버지가 계셨다. 그 할아버지는 언제나 큰 아들이 첫 월급을 타 선물했다는 몇십 년 된 손목시계를 차고 있었다. 그 아들의 아들이 첫 월급을 탈 나이가 될 만큼 세월이 지났어도, 할아버지는 그 손목시계를 항상 보물처럼 끼고 있었다.

당연히 시계는 아주 오래되고 낡아서 잔고장이 잦았다. 그래서 할아버지는 아버지에게 자주 수리를 맡기러 오셨다. 할아버지는 수리비 대신 내 손에 사탕 따위를 쥐여 주고는 하셔서, 어머니가 짠돌이 영감이라며 불평을 했었다. 하지만 할아버지가 주는 사탕은 정말 달고 맛있어서, 나는 내심 할아버지의 손목시계가 자주 고장 나기를 바랐다.

물론 할아버지의 사탕만큼이나 할아버지가 좋았다. 분명 할아버지가 가지고 있는 시간은, 할아버지의 손목시계처럼 멋질 것이라 믿었다. 나는 할아버지의 시계가 언제까지고 멈추지 않기를, 그래서 언제까지고 나에게 달고 맛난 과자를 선물해 주기를 기도했다.

여덟 살 무렵 지독한 독감에 걸린 적이 있었다. 동네 병원에 입원해도 열이 떨어지지 않자, 아버지는 나를 데리고 도시의 큰 병원에 데리고 갔다. 그 바람에 우리 시계방은 며칠 문을 열지 못했다.

그 사이 슈퍼마켓 할아버지가 돌아가셨다. 손에

255

는 멈춰 선 손목시계를 꼬옥 쥔 채.

끓어넘칠 것 같았던 열이 거짓말처럼 내리고, 다시 슈퍼마켓에 과자를 사러 들어갔을 때 비로소 나는 할아버지의 시계가 영원히 멈췄음을 알았다.

몇 날 며칠을 울었다.

내가 아팠기 때문에, 시계방의 문을 열지 못했고 그 때문에 할아버지의 손목시계를 고치지 못했노라고. 제때 고치지 못한 시계 때문에 할아버지의 시계가 멈춰 버렸다고. 밀려드는 죄책감에 울고 또 울었다. 할아버지의 시간은 어디로 간 걸까. 그대로 사라져 버린 걸까. 아니면 여기가 아닌 또 다른 어딘가로 옮겨진 것일까. 그렇게 답이 없는 물음으로 밤을 지새웠다.

그 때부터 시계방에서 낮잠을 잘 때면, 악몽을 꾸었다. 수십 수백 수천 개의 시계들이 나를 쫓아오는 꿈이었다. 쫓아오는 시계들을 피해 있는 힘껏 도망쳤지만, 내 앞을 막아선 거대한 시계의 두 바늘이 젓가락질 하듯 나를 가볍게 들어올렸다. 결국 나는 맞물리는 시계태엽 속으로 빨려 들어가 조각조각 부서졌다. 비명과 함께 악몽에서 깨어나면 시계방의 모든 시계들이, 무서운 얼굴로 나를 내려다보고 있는 느낌이었다.

그 때부터 더 이상 전처럼 시계방에 자주 가지 않게 되었다. 나를 쫓아오는 시간들이, 내가 쫓아갈 시간들이 숨을 죽이고 나를 노려보고 있을 것만 같았기 때문이다. 그 즈음, 어렴풋 깨달아 갔다. 이 세상에 존재하는 시간은 모두 하나라는 사실을. 세상의 모든 사람들이, 같은 시간에 쫓기고 같은 시간에 굴복해 가며 살아간다는 우주의 원리를 깨닫게 되었다. 그것은 나에게 달고 맛난 과자를 더 이상 얻어먹지 못하는 일만큼이나, 슬픈 깨달음이었다.

내가 생명공학을 공부하게 된 것도, 생에 부여된 시간의 의미를 알고 싶었기 때문이다. 하지만 아무리 머리를 싸매고 공부해도, 생이라는 단어에 시간이라는 조건이 붙으면 슬프다는 것 외에는 아직 아무것도 깨닫지 못했다.

그녀가 사라지고 난 뒤, 내 시간들은 모두 멈추었다. 건전지를 갈지 못한 것도 아니고, 어딘가에 부딪혀 부서진 것도 아닌데 그녀가 사라지고 난 후. 완전히 멈춰 버렸다. 눈을 뜨면 세상이 모두 검게 굳어 있었다. 한 걸음 걸을 때마다 검은 벽돌이 내 발 앞에 떨어져 내렸다. 걷지 못해 누워 있으면, 어느새

257

천장이 코끝에 내려와 앉았다. 마치 나는 딱 내 몸만한 관에 간힌 느낌이었다. 내 시한부 인생은 그렇게 끝이 나고 있었다.

나의 어둠이었던 그녀가 사라지고 나니, 그녀가 비로소 나의 어둠이 아니라는 사실을 깨달았다. 그녀는 나의 그림자였다. 빛이 존재한다는 걸 깨닫게 하는 그림자. 그림자는 빛이 있을 때만 생겨난다. 하지만 그림자였던 그녀가 사라지자, 내 삶엔 한 줌의 빛조차 남지 않고 모두 사라졌다. 그렇게 그림자도 생기지 않는, 완벽한 어둠만이 내게 남았다.

다시 악몽을 꾸기 시작했다.

떨어지는 검은 벽돌을 피해 있는 힘껏 도망치는 나를, 똑딱거리는 두 시계바늘이 가볍게 들어올렸다. 나는 요란하게 울리는 자명종 소리와 함께, 맞물려 돌아가는 거대한 태엽 속으로 빨려 들어갔다. 두 팔과 두 다리는 태엽의 칼날에 맞물려 서걱서걱 썰리고, 눌리고, 쪼개졌다. 결국 나는 가루가 되어 끝을 알 수 없는 낭떠러지 너머로 흩뿌려졌다.

그렇게 매일 아침 비명을 지르며 악몽에서 깨어났다. 그러고는 냉장고 문을 열어 술을 병째로 들이마신 뒤, 자전거를 탔다. 자전거에 올라 있는 힘껏

페달을 밟았다. 그림자도 없는 칠흑 같은 어둠으로
부터, 끈덕지게 달라붙는 절망으로부터 도망쳤다.

하지만 결국 자전거 바퀴가 멈춘 곳은 그녀의 집
앞이었다.

허무함에 실소가 나왔다. 자전거를 돌려 내려가
려던 찰나 무언가를 발견했다. 우편함에 삐죽이 혀
처럼 나온 종이 한 장이었다. 그녀가 남긴 걸까. 두
근거리며 혀를 뽑았다. 순간 내 몸의 모든 색소가 쭉
빠져나가는 기분이었다. 그것은 제주도에서 내가 그
녀에게 보냈던 엽서였다. 엽서에는 수줍고 달뜬 문
장들로 가득한 고백이 빼곡히 적혀 있었다. 짝사랑
하는 여학생이 이미 전학을 가 버린 줄도 모르고, 운
동장에 써 놓은 고백의 낙서를 뒤늦게 마주한 기분
이었다. 내가 쓴 문장들을 한 줄 한 줄 읽어가며 나
는 안간힘을 써 붙잡고 있던 이성을 놓아 버렸다.

하진과 함께 오르내리던 언덕길을 미친 듯이 페
달을 밟아 내려갔다. 더 이상 피할 곳도 도망칠 곳도
없었다. 페달을 밟아 전력 질주했다. 자전거의 몸체
가 속도를 못 이기고 쓰러질 듯 비틀거렸다. 눈앞에
절벽이 보이는 순간, 페달을 놓쳤다. 아니, 날기 위
해 페달을 놓았다. 자전거가 공중으로 붕— 떠올랐다.

마치 내가 접어 날렸던 종이비행기처럼 날아올랐다. 공중에 떠 있는 그 짧은 시간 동안, 비로소 나를 쫓는 그 모든 악몽으로부터 도망칠 수 있게 된 것이라 자축했다. 나는 홀가분한 마음으로 하늘을 향해 두 팔을 뻗었다.

하지만 날아가기는커녕, 언덕 밑 구덩이로 처참하게 굴러 떨어졌다. 그렇게 나는 자전거와 함께 버려졌다. 추락하는 충격으로 팔이 반대 방향으로 꺾여 부러진 채로, 정신을 잃어갔다.

— ……어딨어. 하…진…아.

애타게 하진을, 나의 구원을, 나의 안식처를, 간절하게 불렀다. 하지만 숲 그 어디에도 그녀의 메아리는 들리지 않았다. 점점 눈이 감겼다. 혹시나 했던 기대가, 혹시나 했던 희망이. 구렁텅이에 처박혀 짜부라졌다. 그렇게 의심할 여지도 없이 절망에 전복되었다. 그제야 나는 스스로의 오만을 비웃었다.

그렇다.

결국 절망이 이겼다.

⋮

교도소에서 나온 후, 무작정 시동을 걸어 앞으로 향했다.

이제 어디로 가야 하는 걸까. 무엇을 쫓아야 하는 걸까. 살아 있지 않은 사람이, 나를 불렀다. 그 부름에 하진을 구하러 갔다. 하지만 어디에도 나를 부른 사람은 그리고 하진은 존재하지 않았다. 그렇다면 누가 나를 부른 것이며, 하진은 어디에 있는 걸까.

의문. 혼란.

최대한 이성적으로 생각하려 애썼다. 하지만 상황을 정리하면 정리할수록 앞뒤가 꼬여 어디가 시작점이고 어디가 출발점인지조차 알 수가 없게 되어 버렸다. 그때 뿌연 물안개 속에서 빛나는 등대 불빛처럼 핸드폰이 반짝거렸다. 진도다. 이 상황을 설명할 길이 없어 받을까 말까 망설이다가, 전화를 받았다.

— ……어.

— 야, 빨리 와 봐. 이거 뭔가 낯익은 얼굴인데…….

⋮

    연구실 문을 열고 들어서자, 모니터를 보고 있던 진도가 심각한 얼굴로 나를 맞이했다.

— 어, 왔냐?

    화면에는 납치범이 보낸 영상 중, 한 장면이 캡처되어 확대되고 있다.

— 여기 좀 봐.

    진도가 가리키는 곳을 바라보자, 고통스러워하는 하진의 얼굴이 가득 떠 있다. 견딜 수 없어 질끈 눈을 감았다.

— 야, 제대로 좀 봐. 여기.

    내가 시선을 피하려 하자 진도가 턱을 끌어 모니터 앞에 가져다 댔다. 그러고는 마우스로 화면의 한쪽 귀퉁이 부분을 다시 확대했다. 그러자 창고 안에 비치되어 있던 찬장 유리에 무언가 비친 형상이 잡힌다. 사람의 실루엣이다.

— 이 사람……. 어딘가 낯익지 않아?

    화질이 조절되자, 더 선명하게 얼굴이 드러난다. 중년의 여인이 영상을 찍고 있는 듯 휴대폰을 들고서 있다. 믿을 수 없어 고개를 가로저었다. 유리창에 비친 여인은 바로 하진의 집 가정부였다.

— 분명 낯이 익은데 말이야……. 근데, 하진 씨가 떠난 지 2년이나 됐는데 너한테 연락할 생각은 어떻게 했을까. 너랑 하진 씨 관계 아는 사람, 나 말고 또 있었냐?

머릿속에 회오리가 거세게 몰아치기 시작했다.

장례식장에서 처음 만났던 가정부와, 하진의 집을 방문했을 때마다 스쳤던 그녀, 빙긋이 미소를 머금은 채 하진과 나를 멀리서 지켜보던 그 얼굴이 정신없이 오버랩 된다. 화면에는 이제 완전히 형체를 알아볼 수 있을 만큼 복원된, 가정부의 모습이 떠 있다. 온몸의 신경줄기가 화면을 보고 있는 두 눈동자로 쏠린다.

⋮

진도가 노트북으로 영상을 보여주자, 형사들은 하나같이 당혹스러움을 감추지 못했다.

— 세상에. 이거 합성 아니라?

옆집 할아버지 사건 때 나를 조사했던, 그가 못 믿겠다는 듯 자신의 눈을 비볐다. 그러다가 의심스런 눈으로 모니터를 손가락으로 문질러 댔다.

— 후……. 몇 번을 말씀드렸습니까. 합성 아니라구.

진도가 답답해하며 형사의 손가락을 신경질적으로 쳐냈다.

— 맞네. 맞어. 이거 배미경이 아닙니까? 왕상철 내연녀.

그때 마른 체구의 젊은 형사가 다가와, 모니터 속의 가정부를 알고 있는 듯 응시했다. 나와 진도는 놀라, 그를 바라보았다.

— 왕상철? 그 부녀자 납치범? 보자… 서류가…….

그제야, 하나 둘씩 실마리가 떠오르는 듯 형사들의 움직임이 분주해지기 시작했다.

— 납, 납치……! 거봐요! 이 사람들이 사람 말을 귓등으로도 안 듣고!

　　진도는 책상을 내려치며 형사들을 쏘아보았다.

— 와 진작 말을 안 했습니까?

— 하! 어제 몇 번을 말했잖습니까! 납치 가능성이
있다고!

　　진도의 격양된 반응에 형사들이 책임을 회피하
듯 시선을 허공에 던졌다.

— 지금 어디 있는지 알 수 있는 방법이 있나요?

　　나는 거의 다 왔다는 생각에 화를 낼 에너지도
아까워, 가정부를 알아본 젊은 형사에게 물었다.

— 알, 알죠. 그때 같이 잡혔으니깐. 근데 그게 우리
관할이 아니라서⋯⋯. 일단 있어 봐요.

　　젊은 형사는 주춤거리더니, 자신의 노트북을 뒤
지기 시작했다. 그러고는 수사 목록 중에서 관련 자
료를 찾아, 프린트한 서류를 나에게 들이밀었다. 그
가 건넨 서류에는 납치범 왕상철의 사진이 실려 있
다. 손이 떨린다. 본 적 있는 얼굴이다. 바로 가정부
와 함께 집을 수리하러 왔던 인부다.

⋮

— 안타깝죠.

함께 정신병동 복도를 걷고 있던 요양사는 안타
깝다는 듯 혀를 차며 말했다.

— 네?

나는 여기저기서 자신의 세계에 빠져 있는 환자
들을 보다, 그녀의 말에 현실로 돌아왔다.

— 배미경씨요. 아마 아이 때문에 어쩔 수 없었을 거
예요.

— 아이라니요……?

— 사건 당시에, 임신 중이셨거든요. 그 납치범의 아
이를.

— 아…….

언제나 두 손을 가지런히 포개 모으고 있던, 가정
부의 모습이 떠오른다.

— 아마, 본성이 여리신 데다 늦은 나이에 임신까지
하시고……. 어쩔 수 없이 휘말렸던 것 같아요.

— ……네.

요양사가 안쓰럽게 됐다는 투로 말하자, 나는 마
땅히 대꾸할 말이 없었다.

— 그런 상황이 참작 돼서, 보호관찰 조치로 끝났고요.

— 그렇군요…….

— 물론, 병원 생활 내내 있는 듯 없는 듯 성실하게 지내세요.

다람쥐 같던 아주머니의 모습과, 요양사가 들려준 이미지가 겹쳐진다.

— 면회는 처음이라……. 환자분 상태에 너무 무리가는 행동이나 말씀은 자제해 주세요.

— 네.

초조한 마음이 입술을 비집고 나왔지만, 끝까지 그녀와 발걸음을 맞추려 애썼다.

— 아, 저.

면회실 앞까지 나를 데려다주고 돌아서는 요양사를 다시 불러 세웠다.

— 네?

— 아이는 어떻게 됐나요? 임신 중이었다고…….

— 체포 당일 유산됐어요.

— ……아. 네.

그녀의 눈썹이 동정심으로 일그러지자, 나는 더 이상 말을 잇지 못했다.

창이 넓은 면회실에 가정부 아주머니와 마주보고 앉았다. 아주머니는 예전의 그 인상 그대로 왜소하고 연약해 보였다. 나를 슬쩍 올려다보며 미안한 기색인지, 쑥스러운 기색인지 알 수 없는 묘한 미소를 머금고 있다. 그 미소를 보고 있자니 조급한 마음은 뒤로 하고, 어떻게 말을 꺼내야 할지 모르겠다.

— 오셨네요.

초조한 나와 달리 그녀는 이상할 만큼 평온해 보인다.

— 안 올 줄 알았는데…….

마른침만 넘기다가, 그녀의 말에 순간 멈칫했다.

— 유감입니다.

— ……네?

뭔가 어긋나는 느낌에 목구멍이 조여 온다.

— 교수님은 참 좋은 분이셨어요. 저한테는 생명의 은인과도 같지요. 나이 들어서도 소매치기나 하면서 오갈 데 없던 저를 거두어 주시고 일도 하게 해 주시고, 먹여도 주시고…….

그녀의 의중을 파악하기 위해, 말 한마디 한 마디를 응시하듯 들었다.

— 참, 좋은 분이셨어요.

그녀는 축 처진 눈주름으로 더없이 선한 미소를 지었다. 문득 음습한 기운이 풍겼다.

— ……하진이, 하진이 어딨나요.

내 물음에도 그녀는 아무런 동요도 보이지 않고 말을 이어나간다.

— 아가씨도 참 저한테 잘해 주셨어요.

솟아오르는 분노를 억누르며, 재차 물었다.

— 어딨나요. 하진이.

아주머니가 나를 말끔히 바라본다. 내내 보호 본능을 일으킬 만큼 여리고 온순해 보이던 그녀의 눈빛이 차갑게 돌변한다.

— 그거 알아요?

나도 모르게 그 눈빛에 살기를 느끼고 움츠러들었다.

— 세상에서 가장 이용하기 쉬운 게 동정심이란 거. 그 부녀는 쓸데없는 동정심이 너~무 많았어.

나사가 풀린 듯 어깨가 내려앉았다. 그런 나를 아랑곳 않고 그녀는 주절주절 이야기를 늘어놓는다.

— 난 그냥 적당히 편안한 노후를 보내고 싶었어요. 그런데, 귀찮게도 웬 양아치 하나가 들러붙는 바람에…… 내가 이 나이에 애새끼 키우며 살 형편도 못

269

되고…….

　그녀가 자조하듯 실소를 머금자 나는 비틀리는 눈빛으로 노려보았다.

— 그런 눈으로 보지 마요. 난 그냥 그동안 교수님 집에서 일했던 것에 대한 정당한 보상을 받으려고 했을 뿐이에요. 그런데 그 여자……. 난데없이 교수 딸인지 뭔지가 나타나서 유산은 홀랑 가져가 버리고 날름 튄다기에, 확 돌드라구.

　안간힘을 다해 감아쥔 주먹이 바들바들 떨리기 시작한다.

— 그런데 웃긴 게, 그 딸내미 잡아 놓고 보니깐. 그 교수, 정말 땡전 한 푼 안 남긴 거 있지? 노름도 안 하는 양반이 빚은 또 뭐가 그리 많던지……. 나 참, 기가 막혀서. 그러기에 좀 알아보고 설칠 것이지. 그 무식한 양아치 놈이 무턱대고 계집애는 잡아 와 가지고. 그래서 어쩌? 빼낼 건더기는 한 푼도 없는데 얼굴은 까발렸지. 그냥 보내기도 뭣하고. 어디 섬에 넘겨서 몸값이나 받을까, 아님 장기나 빼다가 팔아 버릴까. 내가 그러고 있었던 거야. 나이 오십 넘어 가지고도 기집년 장사할 줄 어떻게 알았데. 나 참. 진짜 웃겨 죽겠더라고.

그녀는 가느다란 어깨를 들썩거리며 웃기 시작했다.

— ……어딨어.

위액이 거꾸로 올라온다. 분노를 삼키며 다시 물었다. 그때 가정부가 정말 궁금하다는 듯 눈을 동그랗게 뜬 채 나를 바라본다.

— 근데 자기, 왜 이제 와서 난리야?

— 뭐……?!

— 오랄 땐 안 오고, 왜 이제 와서 난리냐구!!!!!!

그녀가 되레 나를 몰아붙이며 추궁하자 나는 순간 넋을 잃었다. 혼란스러움에 머리가 지끈거리다 못해, 뇌가 폭발할 듯 뛰기 시작했다. 자리를 박차고 일어나, 가정부의 목덜미를 쥐어 잡고 소리쳤다.

— 하진이 어딨는지나 말해!!!!!!!!!!!!!!!!!

여자는 허탈하게도 너무나 쉽게 의자와 함께 콰당 넘어진다. 그 소리에 문 밖에 서 있던 요양사들이 기겁하며 달려온다.

— 무슨 일이에요!!!

요양사들이 들어오자, 넘어져 있던 가정부가 그 작고 여린 몸을 바들바들 떨기 시작한다. 그리고는 물에 빠진 병아리 같은 얼굴로, 도움의 손길을 구하

271

듯 요양사들을 바라본다.

— 이거 왜 이러세요!

요양사들은 그 애처로운 눈빛에 주문이라도 걸린 듯, 가정부에게서 나를 떨어뜨려 놓는다.

— 말해! 말해!!!! 하진이 어디 있는지 말하라고!!!

가증스러움에 치가 떨려 악을 질렀다. 하지만 여자는 다시 천사 같은 눈빛으로 사시나무 떨 듯 올려다보기만 했다. 그 사이 요양사들이 나를 제지하며 여자와의 거리를 벌려 놓았다. 나는 요양사들을 물리친 뒤 그녀의 목덜미를 낚아챈다. 여자의 고개가 헝겊으로 만든 인형처럼 뒤로 덜렁 젖혀진다. 그 터무니없는 나약함이 기가 막히다.

— 당장 말하라고!!!!!!!!

그녀가 발악하듯 소리치는 나를 애잔하게 바라보다가, 내 귀에 속삭인다.

— 죽, 죽일 생각은 없었어. 미안.

순간 검은 세상이 우르르 무너지는 소리에 나는 주저앉았다.

6월 1일 ~~03시 53분~~

~~6월 1일 05시 28분~~

~~6월 1일 07시 19분~~

~~6월 1일 10시 37분~~

~~6월 2일 01시 41분~~

~~6월 2일 02시 56분~~

~~0월 0일 00시 00분~~

6월 2일 04시 00분

하진을 잊기 위해 가장 먼저 한 일은 부정이었다.

내가 사랑했던 그녀의 얼굴, 말투, 행동, 습관을 부정했다. 그것이 이루어지고 나면, 그녀와 나 사이에 흘렀던 감정을 부정했다. 그것이 성공하면, 그녀의 존재 자체를 부정했다.

효과는 있었다. 부정의 부정을 거듭할수록 그녀가 어떻게 생겼었는지, 어떤 말투를 썼고 어떤 행동을 했었는지, 나아가 누구인지조차 기억이 나지 않았다. 나는 결국 그녀가 이 세상에 과연 존재했었던가. 자체를 의심하기 시작했다.

내겐 더 이상 하진의 본 모습이 무엇이었는지 따위는 중요하지 않게 되었다. 하진을 잊기 위해, 내가 살아남기 위해. 추억을 구겨버리고, 우리 사이에 흘렀던 모든 감정을 부셔버렸다. 끊임없이 부정되다 그녀는 점점 형체도 냄새도 없이 일그러지기 시작했다. 그렇게 끝이 없이 일그러지던 어느 순간, 내 안에서 하진은 괴물이 되어 있었다.

앞도 뒤도 없이 검고 매캐한, 거대한 화산재 같은 괴물.

⋮

요양소를 빠져 나와, 어떻게 차까지 걸어 나왔는
지 기억이 나지 않는다. 후들거리는 두 다리를 질질
끌고, 벽을 의지해 겨우 걸어 나왔다. 울지 않기 위
해 안간힘을 내어 입술을 악 물었다. 눈물이 나오기
시작하면, 그 눈물을 타고 위액과 내장과 뇌수까지
모두 몸 밖으로 빠져나올 것만 같았다.

그때 전화가 걸려 왔고 진도의 이야기에 나는 다
시 속절없이 무너져 내렸다.

— 나 지금 경찰선데. 이 택배 박스 말이야……. 송
장번호 조회를 해봤는데 발송일이 2015년이 아니라
2013년인데…….

손에서 핸드폰이 떨어져 바닥에 굴렀다. 뫼비우
스의 띠처럼 풀리지 않았던 모든 의문이, 삐걱거리
며 들어맞아 갔다.

검고 긴 터널로 차가 진입하기 시작했다. 터널 안
으로 들어서자 숨을 들이마신 채 호흡을 멈췄다. 검
은 터널 한 중간에 자전거를 탄 하진이 서 있다. 놀
라 그녀와 부딪히지 않게 급브레이크를 잡았다. 하

283

지만 그런 나를 놀리듯 차는 회오리치는 어둠 속으로 빨려 들어갔다.

터널은 온데간데없고, 어느새 주위는 하진의 집 언덕길로 변해 있다. 저 멀리, 자전거를 타고 언덕을 내려오는 하진이 보인다. 목이 메어 쥐어짜듯 그녀를 불렀다.

— 하, 하진아⋯⋯!!!!

내 목소리에 하진이 슬쩍 내 쪽을 쳐다본다. 하지만 그녀의 눈동자는 나를 발견하지 못하고 허공만 헤맨다. 그녀를 향해 뛰어가려던 찰나, 언덕 수풀에 숨어있던 검은 실루엣이 긴 막대기를 들고 갑자기 튀어나왔다. 그다. 하진의 납치범.

납치범이 뻗은 막대기에 자전거와 함께 하진이 걸려 수풀 속으로 굴러 떨어진다.

— 안 돼!!!!!

그녀를 구하러 달려가려 했지만 두 다리에 나무뿌리가 뒤엉켰다. 뿌리는 순식간에 허벅지까지 타고 오른다. 몸이 움직여지지 않아 버둥대는 사이, 굴러떨어진 하진 곁으로 가정부의 털 고무신이 자박자박 다가가 멈춰 선다.

비명과 함께 눈을 질끈 감았다. 식은땀이 흐르고 숨이 가빠온다. 딸꾹질 같은 숨을 삼키고 눈을 뜨니 숲은 사라지고, 나는 2년 전 입원해 있던 병실에 쓰러져 있다. 비틀거리며 일어나니 누워 있는 내 모습이 보인다.

2년 전 하진을 찾아 헤매다 술에 취해 자전거를 탔었다. 그리고 절벽에서 떨어져 갈비뼈와 팔이 부러졌고 한 달 가량 입원했다. 수술 후 마취에서 덜 깨어난 듯 과거의 내가 식물인간처럼 멍한 눈으로 천장만 바라보고 있다.

문을 열고 진도가 들어온다. 그가 현재의 나를 향해 걸어오자 나는 안개처럼 흩어졌다가 뭉쳐진다.

— 좀 괜찮냐? 오늘 하진 씨 집에 가 봤는데 이사 시작했더라. 새로 오신다는 교수님 가족 분들 말이야. 벌써 짐 옮기고 있더라고. 너 제주도 가 있는 동안 하진 씨가 가구랑 짐이랑 다 정리하고 나갔다네. 혹시나 해서 물어봤는데 왔다간 흔적도 없고 연락도 없었대. 그쪽도 뭐 네덜란드 들어간 걸로 알고 있더라고.

진도는 병실 냉장고에 반찬을 집어넣으며 말했다. 그의 말에 과거의 내가 실망한 기색을 감추지 못

285

한다. 진도는 누워 있는 내 눈치를 보며 현재의 내 옆으로 다가와 선다. 현재의 내가 진도에게 말을 걸려 입을 뻐끔거리지만 물속에서 말하는 것처럼 소리가 공기방울이 되어 사라진다. 그때 진도가 뒤늦게 생각났다는 듯 주머니에서 핸드폰을 꺼내 침대 위에 내려놓는다. 절벽에서 떨어질 때 망가져 이미 명이 다해 보인다.

— 이거 살려 보려고 했는데 안 되더라. 그냥 이참에 바꿔. 아직도 폴더 폰 쓰는 사람 있냐고 비웃음 당했다. 전화고 메일이고 뭐 들어온 거 있나 확인했는데 죄다 스팸밖에 없더라. 아, 중궈 새끼들. 얼마나 낚시질을 해대는지…….

진도의 말에 과거의 나와 현재의 내가 동시에 고개가 떨어진다. 단순히 실망하는 과거의 나와 달리 현재의 나는 납치범에게 온 메시지가 스팸 메일로 분류되어 삭제되는 영상을 수없이 반복재생하며 절망한다.

— 솔직히 연락하려면 진작 했겠지. 내가 그동안 말은 안 했어도 불안불안하다 했어. 하진 씨 원래 좀 그랬잖아? 사람이 프리한 게……. 외국 생활해서 그런가. 이건 뭐 쿨하다 못해 춥다 추워. 뭐, 뒤도 안 보

고 내뺀 게 어떻게 보면 하진 씨답기도 하고.

그의 말에 과거의 나는 인정하지 않으려는 듯 벽을 보고 돌아누웠다. 진도가 길게 한숨을 내뿜자, 그 입김에 현재의 내가 공기 중에 흩어진다.

먼지처럼 흩어졌던 내가 다시 뭉쳐진 곳은 과거 자취방이다. 입원하던 날 직전까지 마시던 술병이 이리저리 나뒹굴고 있다. 나는 굴러가는 술병을 피하려다 하마터면 뒤로 넘어질 뻔 했다. 가까스로 균형을 잡고 서서 안도의 한숨을 내쉬던 순간, 현관 벨이 울린다.

현관으로 가 보안 구멍으로 밖을 내다본다. 집배원이 택배 박스를 들고 서 있다. 시디가 담긴 그 택배 박스다. 놀라 문을 열려 했지만 내 손은 문손잡이를 허무하게 통과해 버린다. 집배원이 다시 벨을 누른다. 절박한 심정으로 문을 두드려 보지만, 주먹이 문에 부딪히는 순간 다시 손의 형태가 먼지가 되어 흩어진다. 집배원은 몇 번 벨을 더 눌러보더니, 문 앞에 쌓인 다른 우편물들을 바라본다. 그러고는 단념한 듯 그대로 뒤돌아선다.

— 안, 안…… 돼!!!

절박하게 외쳤다. 하지만 내 소리 없는 비명은 현관문을 채 통과하지 못한다. 그 사이 집배원은 어느새 사라지고 없다. 절망스런 마음에 문에 머리를 박아댄다. 그때 갑자기 끼이익 거리며 문이 열려, 나는 쏟아지듯 밖으로 빠져 나온다.

정신을 차리고 일어나 보니, 집배원이 옆집 할아버지에게 택배 박스를 건네고 있다. 자다 나온 건지 누리끼리한 얼굴의 할아버지가 택배 박스를 입원해 있는 나 대신 건네받는다. 놀라 뛰어가지만 한 박자 빠르게 옆집 문은 철컥 닫힌다.

— 할아버지!!! 할아버지!!!

절규하듯 할아버지를 불렀다. 하지만 역시나 들리지 않는지, 인기척이 없다. 주저앉으며 문에 기대는 그 순간, 내 몸이 그대로 통과해 할아버지의 집 안으로 쏠려 들어간다.

할아버지는 부엌에서 라면을 끓이고 있다. 그 옆으로 택배 박스가 아무렇게나 바닥에 놓여 있다. 라면을 다 끓인 할아버지가 냄비를 들고 방황하더니, 내 택배 박스 위에 냄비를 올려 둔다. 순간 발송일이 적힌 송장 종이가 냄비 바닥에 붙어 반쯤 떨어져 나간다. 달려가 라면 냄비에 깔린 택배 박스를 들어 올리려 했지만, 이번에도 허망하게 내 손은 그대로 통과할 뿐이다. 그렇게 택배 박스가 할아버지의 집 한 구석에서 그대로 잠들어 버리는 모습을 눈앞에서 바라보며, 나는 곰팡이가 낀 장판 바닥에 머리를 박고 고꾸라진다.

고개를 드니 장판이 흙바닥으로 변해 있다. 이번에는 영상 속의 그 창고다. 맨발의 누군가가 보인다. 턱을 드니 하진이 의자에 묶인 채 앉아 있다. 그녀가 멍한 얼굴로 쪽 창문에서 새어 나오는 달빛을 응시하고 있다. 감금된 지 오래인 듯 초췌한 얼굴이다. 여기저기 폭행당해 상처가 난 모습을 보고 있자니, 심장을 손톱으로 긁어낸 듯 쓰라리다.

— 하진아……!!!

간절한 마음으로 외치며 일어났다. 그때 비닐이 찢어지는 소리와 함께 창고 문이 열리고, 가정부가 들어온다. 여자를 보는 순간 양 어금니가 갈리며 분노가 끓어오른다. 허나 가정부는 현재의 내 몸을 그대로 통과해 저벅저벅 하진에게 걸어간다. 다가가려 했지만, 몸이 움직여지지가 않는다. 내려다보니 내 두 발이 어느새 시멘트 덩어리에 파묻혀 있다.

289

가정부는 넋을 잃은 하진의 앞에 쪼그려 앉았다.
그러고는 시간을 확인한다.

새벽 4시 정각

가정부는 씁쓸하게 웃는다. 그리고 하진을 위로
하듯 그녀의 볼을 쓰다듬는다.
— 안 오네……. 너 필요 없나 부다.
여자의 말에 하진의 눈에서 눈물방울이 뚝 떨어
진다. 그녀의 눈물과 함께, 내 심장도 뚝 떨어진다.
— 하긴, 쥐뿔도 없어 보이드만. 그래도 혹시나 했는
데……. 괜히 귀찮은 짓만 했네.
덧붙인 말에 하진이 눈을 감는다. 속눈썹에 매달
려 있던 눈물방울이 가정부의 손등에 떨어진다. 여
자는 오물이 묻은 듯 불쾌해 하며 손등을 들어 그대
로 하진의 뺨을 올려친다. 이어지는 둔탁한 파열음.
구타. 폭력. 외마디 비명. 질이 나쁜 몇 가지 단어가
B급 영화의 특수효과처럼 어색하게 교차된다. 나는
그 모든 장면을 낱낱이 목격한다. 눈에 핏물이 오른
다. 무력함에 호두까기 인형처럼 턱이 쩌억 떨어진다.
일순간 모든 소음이 가라앉는다. 가정부는 메마

른 손을 비비며 다시 현재의 나를 스치듯 통과해 문을 열고 나가버린다. 하진은 의자에 묶인 채 다시 홀로 남겨졌다. 눈물이 흘러내린 자국이 볼을 가로질러 선명하게 그어져 있다. 허공을 바라보는 그녀의 눈빛에는 그 어떤 것도 실려 있지 않다. 그러다가 부러질 것 같은 손목이 힘을 잃고 바닥을 향해 툭— 떨어진다.

— 안 돼… 안 돼……!! 하진아……!!!!!

발버둥 치며 하진에게 다가가려 하지만 시멘트 덩어리에 파묻힌 두 발은, 가루만 부서져 흩날릴 뿐 꿈쩍도 하지 않는다.

놓쳤던 2년의 시간을 넘나들어, 다시 현실 속 검은 터널로 돌아왔다. 운전대를 쥔 손이 부들부들 떨린다.

— 죽었어. 거기서.

해맑게 말하던 가정부의 마지막 말이 떠오르자, 나는 울음을 삼키며 핸들에 주먹을 내리쳤다. 절규를 대신하듯 터널 안에 경적 소리가 날카롭게 울려 퍼진다. 어느새 차는 검고 매캐한 거대한 화산재로 가득 찬 터널을 빠져나오고 있다.

괴물 같은 분노를 트렁크에 실은 채.

⋮

차를 타고 뿌연 먼지를 뿜으며 공사장으로 들어선다.

입구는 여전히 철제 펜스로 막힌 채 굳게 닫혀 있다. 어찌해야 할지 잠시 고민하다가 액셀러레이터를 밟아 그대로 펜스를 박아 버린다. 펜스의 밑 부분이 찌그러지며 뜯겨져 나간다. 그 기세를 몰아 공사장 안으로 돌진한다. 공사장을 지키던 개가 사납게 짖으며 방어했지만, 차에서 내려 곧장 창고로 걸어 들어갔다.

전날 밤 나를 덮쳤던 굴삭기가 창고를 무너뜨려 형태가 반밖에 남아 있지 않다. 마치 해부를 하다 만 개구리의 속내를 들여다보고 있는 듯 기괴하다. 개구리의 내장에 꽂힌 메스처럼 입구를 막고 있는 굴삭기를 주저 없이 타 넘고 안으로 들어갔다.

창고 안으로 들어오니, 영상 속의 그곳과 현실의 이곳이 교차되어 현기증이 인다. 순간 내 속의 광기가 현기증과 함께 움틀거린다. 저벅저벅 걸어가 하진이 묶여 있던 의자를 집어 던졌다. 벽을 맞고 의자의 네 다리가 산산조각이 났다. 바닥에 떨어진 나무

292

도막을 주워들고 가정부의 모습이 비치던 유리 찬장을 내리쳤다. 유리 파편이 사방으로 튀기며 부서진 찬장의 잔해가 바닥에 흩어진다.

짐승처럼 가쁜 숨을 몰아쉬며 발악했다. 하진이 고통스럽게 죽어간 창고의 곳곳을 헤집고 부수며. 그렇게 한참을 제정신이 아닌 상태로, 파헤치다가 우뚝 멈춰 섰다. 그러고는 문득 이 모두가 무의미한 짓이라는 걸 깨닫는다. 무너지듯 바닥에 주저앉았다. 쏟아지는 자괴감에 스스로가 혐오스러워 견딜 수가 없다.

얼굴을 감싸고 있던 두 손을 내려다보니 파충류의 표피처럼 피부가 흉측하게 일그러지고 있다. 손톱으로 피부를 긁어내자 순식간에 온몸이 피고름으로 뒤덮인다. 나는 소리 없이 포효한다. 그리고 깨닫는다. 괴물이 된 것은 하진이 아니라, 내 자신임을.

어떻게 하면 나라는 괴물을 처절하게 벌할 수 있을까. 지금 당장, 가장 잔혹한 방법으로 나를 망가뜨리지 않으면 스스로에 대한 역겨움에 폭발할 것만 같다.

그렇게 끝없이 자멸하던 그때, 무언가를 발견한다. 굴삭기가 바닥을 긁은 탓에 밖으로 노출된 한 부

분이 반짝이고 있다. 어떠한 직감에 정신없이 기어
간다. 그리고 손가락으로 빛이 나는 부분을 파기 시
작한다. 껍질이 벗겨져 피가 나도 모른 채, 홀린 듯
계속해서 파헤친다. 마침내 그것이 드러난다.

사람의 뼈.

— 하, 하진아……!

이성을 잃고 계속 땅을 파헤친다.

— 악!!!

순간 손톱 하나가 뒤로 꺾였다. 나는 입을 쩌억
벌린 상처를 잡고 고통에 몸부림쳤다. 하지만 다시
이를 악물고 일어나 허리를 굽힌다. 그러나 통증 때
문에 손끝에 힘이 들어가지 않는다. 손으로 땅을 파
는 것을 포기하고 대신할 만한 것을 찾아 헤맨다. 내
팽개쳐져 있는 낡은 삽이 보인다. 삽을 주워 들고 와
다시 땅을 파기 시작한다.

— 하진아……! 하진아……!

통곡하듯 하진을 부르짖으며 파헤쳐 나간다. 그
렇게 파 나가자 반짝이던 인광이 더 선명하게 드러
난다. 마침내 흙바닥에는 척추뼈 대신 철심이 박힌
여자의 시신이 드러났다. 2년이라는 세월 탓에 살과
거죽은 모두 없어졌지만, 뼈만은 오롯이 남은 하진

의 사체이다. 납치되었을 때 입었던 옷 그대로인 듯 아이보리 색 원피스가 반쯤 썩다 만 채, 수의처럼 걸쳐져 있다. 하진의 사체가 드러나자 삽을 내동댕이치고 주저앉았다. 그리고 고래의 울음소리 같은 긴 울음을 뱉어낸다.

억억억억억억억억억억억억억-!!

내 울부짖음이 무너진 창고를 넘어, 적막한 공사장 안을 휘돌며 퍼져 나간다.

밤이 지나고 새벽을 향해 가고 있다. 밤새 울부짖다 실신해 하진의 시신 옆에 웅크려 누웠다. 나는 처음 교감했던 그날 밤처럼 그녀의 뒷모습을 지키고 있다. 그러나 하진의 품에서는 더 이상 나를 따뜻하게 데워 주었던 미열도, 싱그러운 모과향도 나지 않는다. 그저 차갑고 딱딱한 뼈만이 남아 있을 뿐이다. 손가락을 들어 그녀의 척추를 하나하나 매만지며 내려간다. 손끝에 부드러운 살결이 아닌 거칠한 뼈의 촉감이 느껴지자 그녀가 살아 있지 않다는 사실을 새삼 실감한다.

이제 와서 그녀를 지켜 봤자 아무 소용이 없구나. 그 깨달음은 나를 또 자멸시킨다. 주머니에서 손가락만 한 가죽 케이스에 담긴 휴대용 칼을 꺼냈다. 케이스를 열고 엄지로 칼날을 밀어 올린다. 그리고 담담히 손목을 긋는다. 칼날이 손목을 짓눌렀지만 이상하게도 아프지가 않다. 나의 무감각을 각성하듯 선명한 붉은 피가 뿜어져 나온다. 그제야 안도하며 눈을 감는다. 이대로 잠들길, 그리고 눈을 뜨면 하진의 곁에 가 있길. 기도한다.

바스락―

마른 헝겊이 마찰하는 소리에 놀라 깨어난 순간, 내 눈을 의심했다. 웅크려 누운 내 앞에, 하진이 돌아누워 있다. 아니, 백골의 사체가 누워 있다. 그 사이 잠이 든 것일까. 머리를 털어 낸다. 그때 사체에서 하진의 환영이 연기처럼 모락모락 뿜어 나온다. 연기는 하나의 형상으로 뭉쳐지더니 결국 온전한 모습의 하진이 되었다. 나는 내 앞에 오롯이 앉아 있는 하진을 보고 눈물이 넘쳐 나와 신음 소리조차 내지 못한다.

하진은 마치 아무 일도 없었다는 듯 태연히 일어나 저벅저벅 걸어간다. 그런 그녀를 커진 눈으로 좇

는다. 그녀는 자박자박 걸어가 반쯤 깨진 거울 앞에
섰다. 그리고 태평한 얼굴로 옷매무새를 만지고 헝
클어진 머리도 다듬는다. 얼굴에 난 상처 딱지도 손
으로 대충 떼어내고 입술의 마른 껍질도 침을 묻혀
눌렀다. 단장을 끝내고 하진은 흐릿하게 미소를 짓
는다.

그녀는 다시 터벅터벅 걸어와 굳어 있는 내 앞에
쪼그려 앉는다. 그녀가 새치름한 얼굴로 내려다보자,
내 눈에서 굵은 눈물방울이 우박처럼 뚝뚝 떨어진다.
나를 달래려는 것인지 하진은 내 안주머니에 손을
넣었다. 그리고 무언가를 찾는 듯 하더니 담배와 라
이터를 꺼내든다. 그녀는 담배에 불을 붙여 깊게 한
모금 빨아 당긴다. 나는 하진답지 않은 행동에 놀라
말없이 눈물만 흘린다.

하진은 아기 같이 말간 얼굴로 하얀 담배 연기를
길게 뿜어낸다. 그리고 발가락을 움찔거리며 발장난
을 치기 시작한다. 그제야 말라붙었던 내 입술이 떨
어진다.

— 하, 하진아…….

그녀를 향해 피가 흐르는 손을 뻗는다. 그녀의 볼
에 닿을 즈음, 하진은 천사같이 뽀얗게 미소 짓는다.

297

그리고 어린아이가 말뜻을 모른 채, 어른 흉내를 내듯 또박또박 말한다. 그 한마디 한마디가 뿌연 담배 연기 사이로 꾸역꾸역 비집고 나온다.

— 씨.발. 좆.같.애.

잘못 들은 것인가 귀를 갸웃거렸다. 하진은 다시 재미난 걸 발견한 아이처럼 웃더니, 피우던 담배를 내 손등에 비벼 끈다. 검붉은 연기를 내며 손등의 피부가 지져진다.

— 으… 읍……!

고통에 입술을 악 물었다. 하진은 여전히 아이 같은 얼굴로 나를 바라보다가 말한다.

— 사랑? 웃기지 마. 그딴 거 없어.

나는 고통도 잊은 채 얼음장처럼 굳어 버린다.

그러나 이내 하진의 말을 이해할 수 있을 것 같다. 아니 모든 걸 놓아버릴 수 있을 듯하다. 나는 웃는 것도 아니고 우는 것도 아닌, 구겨진 종이 같은 얼굴로 신음했다.

굴삭기 너머로 새벽이 가고 아침이 왔다. 새어 들어오는 광선에 미간을 찌푸리며 눈을 뜬다. 어느새 하진의 환영은 사라지고, 내 옆엔 다시 백골의 사체만 남아 있다. 모든 것이 꿈이었다는 허탈감에 섞 웃음이 흘러나온다. 그리고 아직도 살아 있다는 사실이 원망스러워진다. 그저 내 자신이 허풍선 같은 거짓이라는 확신 말고는, 아무것도 떠오르지 않는다.

그때 무언가가 눈에 들어온다. 칼로 그은 손목이, 하진의 원피스 자락을 찢어낸 천으로 묶여 있다.

⋮

— 이거, 본의 아니게 유감스럽게 됐습니다.

처음 시디를 건네받았던 형사는 멋쩍은 듯 머리를 긁적였다.

— 아닙니다.

무표정한 얼굴로 그를 응시했다.

— 살다 보니 참 별의별 일이 다 있습디다. 그지요? 선생님도 훌훌 털어 버리시고 새 출발 하셔야지요. 남은 건 저희가 책임지고 잘 정리하겠습니다. 유학 가신다고 하셨죠? 마, 딱 잘 됐네요.

그의 말에 말없이 고개만 끄덕인다.

— 아, 이거…… 저희 쪽에서 현장 정리하다가 발견한 건데, 피해자 분 유품인 것 같습니다.

그가 서랍에서 무언가를 꺼내어 건넨다. 하진의 여권과 비행기 표다. 여기저기 찢어지고 훼손되어 처음에는 무엇인지 잘 알아볼 수가 없었다. 받아드는 순간 숨죽이고 있던 절망이 딸그락거리는 소리가 들린다.

— ……네.

하진의 여권을 열어 본다. 그녀가 담백한 얼굴로

미소 짓고 있다. 말없이 사진을 바라보다가 비행기 표도 다시 훑어본다. 그런데 무언가 이상하다. 비행기 표가 두 장이다. 한 장에는 하진의 영문 이름이, 다른 한 장에는 내 영문 이름이 새겨져 있다. 물먹은 솜처럼 심장이 무거워진다.

— 선생님?

형사가 나를 의아스럽게 바라보는 눈빛에도 말을 잇지 못한다.

'내가 너 비행기 타게 해 줄게.' 그녀의 장난기 어린 목소리가 귓가를 스치고 사라진다.

— ……하.

꽉 막혀 있던 숨을 토해 낸다. 벅차오르는 무언가를 채 주워 담지도 못하고, 떨리는 손을 쥐어 잡는다. 와르르 무너졌던 검은 세상에 손톱만큼 빛이 새어 들어오는 것을 느낀다. 하지만 그 손톱만 한 빛이 너무 눈부셔서 추한 지금의 내 모습이 더없이 부끄러워진다. 앞도 뒤도 꽉 막힌 먹먹함만이 그 빛에 대항하고 있다.

— 찾아가시려면 여기 간단한 절차에 서명을 좀 해 주셔야…….

형사가 내 눈치를 살피더니 볼펜을 건넨다.

301

— ……네.

떨리는 손으로 펜을 들었다가 멈춘다. 형사가 갸
우뚱하며 나를 바라본다.

— 저, 도장 찍어도 될까요?

나는 서류 위에 하진이 만들어준 상아빛 도장으
로, 윤준원이라는 붉은 낙인을 꾹 눌러 찍었다.

⋮

공항 대기실의 드넓은 유리창 너머로 비행기가 오르내리고 있다.

그제야 비행기를 탄다는 사실이 실감 나기 시작했다. 이른 시간이라 그런지 공항에는 사람들이 적다.

나는 적당한 자리에 가방을 내려놓고 앉아 가루약 봉지를 손으로 벗겨 낸다. 흰 종이를 벗겨 내자 새하얀 백색의 가루가 나온다. 담담히 가루약을 입안에 털어 넣는다. 그러고는 페트병에 담긴 물을 마셔 깔끔하게 삼킨다. 경건한 종교의식처럼, 그렇게 가루약을 털어 넣고 물을 마시고 털어 넣고 물을 마시고를 충실히 행한다.

마침내 마지막 약봉지 하나만이 남았다. 마지막이니만큼, 봉지를 정성스레 벗겨낸다. 낮게 숨을 들이켜고, 흐르듯 입안에 털어 넣는다. 그리고 남은 생수병의 물을 꿀떡꿀떡 마셔 넘긴다. 모든 의식은 끝났다. 이제야 홀가분한 마음에 어깨가 가볍다.

옆에 널린 빈 약봉지들을 가방에 가려졌던 통에 차곡차곡 담아 넣는다. 통에는 '서하진' 이름 석 자가 쓰여 있다. 그 안에는 이미 많은 약봉지가, 아니 그녀의 뼛가루가 담겼던 종이들이 차곡차곡 쌓여 있다.

그녀가 내게 남긴, 수십, 수백, 수천 년이 지나도 사라지지 않을. 영원한 '그것'

개운한 마음으로 유골함을 내려다본다. 그리고 잠시 눈을 감는다. 가만히. 그녀와 내가 영원히 하나가 되었음을 느낀다. 이로써 그녀와의 약속을 지켰다.

찌르르, 맞춰둔 핸드폰 시계가 알람을 울린다. 4시 정각. 전자 안내판을 보며 다시 시간과 탑승동의 위치를 확인했다.

'네덜란드 암스테르담 행 528 아시아나⋯⋯.'

드디어 비행기를 탈 시간이다. 나는 빈 봉지를 모두 챙겨 넣고, 유골함을 닫았다. 그리고 담담히 탑승동 안으로 걸어 들어갔다.

End

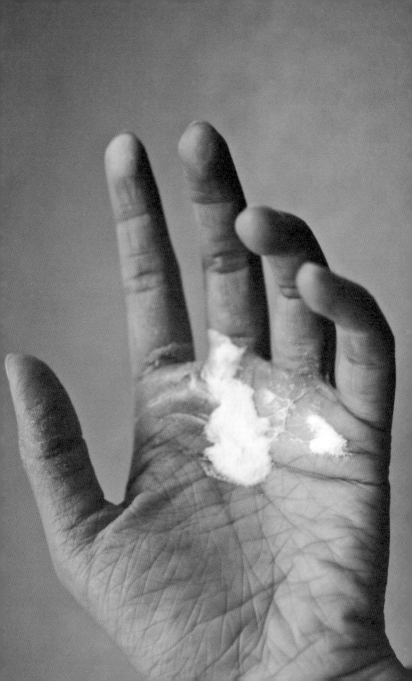

작가의 말

앞과 뒤가 딱 들어맞는 논리적인 사건이나 대단한 계기가 아닌
어이없고 사소한 실수 한 번으로도 모든 것이 어그러질 때가 있다.
길을 잃었다거나 시간을 잘못 봤다거나 택배를 늦게 받았다거나 하는 일로
있었던 일이 없었던 일이 되고
손가락 걸고 맹세했던 약속이 물거품이 되거나
평생 함께 하자던 사람이 눈앞에서 사라질 수도 있다.
삶은, 그토록이나 허술하다.
그중에서도 가장 허술하기 짝이 없는 것이 아마도 사랑이리라.

하지만 누군가는 그 어떤 경우에도 변함없는 것을 찾아 헤맨다.
살과 가죽이 사라져도 영원히 남아 있는 뼈처럼.
수십, 수백, 수천 년이 지나도 영원한 무언가가 존재할 거라고.
그렇게라도 믿지 않으면 이 깊은 허무함을 견딜 수가 없기에…….

뼈

초판1쇄 발행
2015년 7월 15일

초판2쇄 인쇄
2016년 3월 10일

초판2쇄 발행
2016년 3월 31일

글
정미진

사진
오선혜

펴낸곳
atnoon books

펴낸이
정미진

디자인
김아해 강경탁
(a-g-k.kr)

교정
엄재은

등록
2013년 08월 27일 제 2013-000257호

주소
서울시 마포구 연남로 30 105-1103

홈페이지
www.atnoonbooks.net

페이스북
Atnoonbooks

인스타그램
atnoonbooks

트위터
@atnoonbooks

연락처
atnoonbooks@naver.com

ISBN 979-11-952161-3-0 (03810)

이 도서의 국립중앙도서관 출판예정도서목록(CIP)은
서지정보유통지원시스템 홈페이지(http://seoji.nl.go.kr)와
국가자료공동목록시스템(http://www.nl.go.kr/kolisnet)에서 이용하실 수
있습니다. (CIP제어번호 : CIP2015015329)